短歌研究

「銀河を産んだように」など

ⅠⅡⅢ歌集

『銀河を産んだように』
『人類のヴァイオリン』
『竹とヴィーナス』

大滝和子

銀河を産んだように

人類のヴァイオリン

II

III

竹とヴィーナス

I

II

III

第一歌集

一九九四年七月二〇日発行／砂子屋書房刊

銀河を産んだように

I

金星《ビーナス》の軌道

惑星の光陰ふかく吹きこまむ　ガラスケースのなかにフルート

ロザリオのごと瞬間《たまゆら》のつらなれる一日《ひとひ》終えつつ脈はやきかも

眠らむとしてひとすじの涙落つ　きょうという無名交響曲

昨年の形のままにめぐりいる蠍《さそり》座それもとおき内面

光年という語はいつもやさしくて燃える過去へレンズを向ける

白樺の森のようなるメロディーを夜の夢から持ち帰りたり

初恋に韻ふみて恋う　金星軌道のかたちの指輪ひだり手に嵌め

きみの手の運命線の形状の道をあゆみている夕まぐれ

冷蔵庫ひらきてみれば鶏卵は墓のしずけさもちて並べり

生物がシネマの切符売りているビルのかたわら懸かる三日月

七年を経てのちおなじ人恋いて原子《アトム》から成る吾あゆみゆく

肉体の文法かなし　草汁と汗とがまじる白いTシャツ

地球からいちばん遠き星の名にふさわしきかなマリリン・モンロー

花火なす天の傷口みてあればアドレッセンスへこころは向かう

あたらしきルージュ購うひとたびも大地に接吻することはなく

時という大蛇《サーペント》への供物なり　乳母車のなか笑うみどりご

風景の外部へ消えてゆく鳥の名はイシュメイル吾《あ》に影押して

かぎりなき過去よりきたる手のひらに刻まれている表音文字よ

コンパクトカメラへむかい笑う吾こころの奥に古墳がありて

たぶん宇宙にひとつしかない指紋望遠鏡《テレスコープ》のレンズにつきぬ

銀河を産んだように

はつなつの花弁にすがり黒蝶は翅ふるわせて蜜奪うなり

海風に髪吹かれつつ内ふかく彼を縛する魔笛を鳴らせ

サンダルの青踏みしめて立つわたし銀河を産んだように涼しい

接吻に音階あるを知らざりしころより咲けるさ庭の百合よ

緋の服をまといてきみの夜の夢の砂丘にひとり立ちたきものを

言霊のちから信じているゆえに禁忌の多しなにを供えむ

あじさいにバイロン卿《きょう》の目の色の宿りはじめる季節と呼ばむ

なんらかの解決策のあるごとくプラネタリウムの扉へ寄りゆく

乗客のみんながみんな耳なしの兎に見える昼下がりあり

こいねがう唇ひとつ在るのみにかくかぐわしき県名なるか

迷路を選ぶ

水平線《ホリゾント》ずいぶん近く視える日に告白されたことかなしくて

きみと舐めているにあらぬにアイスクリーム羊皮紙へにじむ花文字のあまさ

フルートの音《ね》にかぎりなく許されて咲きはじめゆく唇ひとつ

Je t'aime!　忘れようとしわたくしはおおいなる楡に孕まれている

向日葵の高きにありて素枯れゆくひとつの季節はひとつの人称

やわらかき雨セーラーの肩に沁む　迷路を選びはじめし少女

うつむかず坐る女とうつむきて坐る女と電車に揺らる

宇宙牧師

あおあおと躰を分解する風よ千年前わたしはライ麦だった

灼熱の空にむかいて撃たれざる獣のごとく踊る木のあり

きみはエデンの東われは西　ひまわり畑ならびて行けど

八月の光ふふめる雲ひとつ耳朶のかたち崩しいるかも

うつむけど若き色ありカムパネラ銀河鉄道の人の名に似て

グレゴリオ聖歌みどりに編曲し宇宙牧師がつまびくギター

ヒースクリフと婚姻せざりし罪負いて百貨店めぐる家妻あまた

17進法で微笑し目をそらす　もう少しはやく逢っていたなら

であうべき人に出逢いてなき事をしずかに告げる足濡らす波

迷いつつ脈打つわれの肉体が白点となる距離もあるべし

少数民族《マイノリテイー》の最後のひとりの瞳して玄関先にミルク取りにゆく

夢想家の父と貞淑なる母にはさまれしまま桃剝くはめに
性別を持たざる影を従えて砂丘をのぼり砂丘をくだる
画布上に銀河大の疑問符を寒色に塗りこめて部屋でる

月を踏んだ人

光線のなかへ脱色する海の量つかまえよ腕《かいな》ひろげて

エジプト神聖文字の石碑に刻されし鳥さわさわと水際はなる

罪悪感もたず生息しつづける蛾の鱗粉を想うともなし

七曜の音階かぎりなく奏で銀にふるえる秋の野へ出づ

収穫祭　稜線ちかく降りたちてbetweenやupやawayを摘めり

叛意なき者のごとくに屈まりてトレニアの花撫でていたりき

月を踏んだ宇宙飛行士《アストロノート》のほとんどが離婚をしたと告げられている

プラネタリアン

王冠のかたちに透けるガスの火に獣乳さそぐ秋のおわりは

通訳は公孫樹の葉精達まかせ　異星の友に電話かけるなり

ふたりにはゴビ砂漠系の沈黙の配られて坐す茶房の椅子へ

叙事詩篇《エピック》を腹に飾れる妊婦ひとり坂を昇りてこちらへと来る

ふたたびを母のなかに居るごとしプラネタリウムで神話ききいる

十一月一日われの誕生日・灯台記念日・朔太郎詩集

きみのためかむる仮面の類縁のいとさやさやと茂る樟《くす》の枝《え》

インディオの狩猟讃歌的粗布《あらぬの》もてきみの裸身を包まむとすも

電話

うちふかく持つ草原にころがれる角笛鳴らせひとりなるとき

絃ひとつ切れしギターのここちして片瀬橋の上をわたりぬ

オリオンの形象まぎれなき夜よ宮沢賢治に電話かけたし

すきとおる銀の光のキスをせよ万聖節に生《あ》れしわがため

狼色のスカートはきて走るかな水平線に背《せな》むけしまま

海賊のマストのような樹をみあぐ　別れてしまうことができるか

パパがママをママと呼ぶときさみしくて食卓上の卵を摑《つか》む

処女よりも白き少年ひそやかに思春酒の味知りそめていむ

マシュマロのような別れを欲すれどきつめの靴にひりひりとして

グレゴリオ暦

とうめいな水滴つきている朝のレタス葉脈ごと食《は》みており

気がつけば地平線上に棲んでいる　孔雀らの羽壺にならべて

青春の影すこしずつ細りゆくただグレゴリオの暦にそいて

失恋の曲ひとしきり弾きしあと絃のにおいが指につきたり

荒魂を明日香川の水底にふかく沈めて戻りきたれり

吾ひとり影うつされて過ぐる晩よ輪廻のごときジャズ浴びて寝る

みんなみに向きたる窓を磨くときふたつの雲がリエゾンをして

楕円形の顔のいくつか食卓の上に浮かびて鳥の肝はむ

被害者と加害者のあいだ往き来するブランコ乗りの少年ひとり

教室の窓いっせいに拍《う》つ驟雨かがようバッハの楽となりたり

またたく現実

プラトンはいかなる奴隷使いしやいかなる声で彼を呼びしや
もうひとりの吾《あ》に皮紐を巻きつけて散歩させいる夢のなかにて
ベッドにてきみからの電話むかえつつ戯れに記すながき数列

光年を離れまたたく現実をねむれぬ夜の窓から仰ぐ

プラトンより遠くから吹く風に散り桜は粒子運動をする

修道院の塀しろませたる塵の上いっぽんの指触れつつあゆむ

撥音便ひとつ持つゆえ潔き人の名なりきいや離《さか》りゆく

ボクサーの天文学

空に石を沈めむとする少年の姿こよいの夢にいで来よ

鉄筋は罠のごとくに組まれありやがて棲むべき家族を待ちて

プロメテウスとわれの名付けし角錐塔けさも見て過ぐ片瀬の辻に

地のおもて覆いてくらき鳩の群れを引き裂きながら誰かあゆみ来

灰色の翼顫《ふる》わせみずからの肉のおもさを忘れむとする

指柱それぞれ離し眺めおり手のひらという吾の神殿

膨張宇宙論科学者のハッブルはボクサーなりきその若き日に

惰性的に舞いおりてくる夕つ陽がネオンサインと共鳴はじむ

街ゆらめきぬ

うら若き汝《な》のまばらなる口髭に雪かがやきて吸われゆくかな

脚韻《ライム》ふみ湧きのぼり来る冬の波その銀悦において愛さむ

ＩＣの設計図面ひく君の首筋あわき榛栗《はしばみ》色して

手をとめず残業しつつ見る月よ萎えし青春嗤《わら》うがごとく

伝票のファイルさぐりて黒みたる指をにがつの月光に置く

サッカーの球おいかけてゆくきみの変声期まえの声も聴きたし

触れえざる人の名前を呼びたれば白き息とぞなりてかがやく

意志もちて冬おわらむとする路傍なる桜の幹に潤いのあり

後方へはしる列車よ早春のホログラフィーの街ゆらめきぬ

II

白鳥座《シグナス》の位置

宇宙線に髪梳《す》かれいるここちして白木蓮の公園めぐる

ペルシア語はなしてみたき舌先をもてあましいる春のゆうぐれ

みずうみの青の追憶いつまでも枕は恋歌《マドリガル》をうたう

スカートがわたしを穿《は》いてピクニックへ行ってしまったような休日

高層のビルの窓に額《ぬか》よせてきのうという日みおろす吾は

いくにんか占星術師もくらすらむ定住の灯にぬれわたる街

ヴィヴァルディ弾いて来し指あまやかに汝《な》の繊髪を撫でなむとすも

謝肉祭の群集の声おもうまで夕焼けの雲いろを深めつ

波たてるライ麦畑しなやかに《恋は偸《ぬす》め》とくりかえしつつ

くるおしくキスする夜もかなたには冥王星の冷えつつ回る

イコン画のマリアの瞳われを見てこの午後の微罪かなしみたもう

雨の後ひかる石道もどりつつ踏絵ふみたるような寂しさ

白鳥座《シグナス》の位置もかすかに移りたり君への手紙かきおえ仰げば

体内羅針盤

いちまいのドアを閉ざせばありありとわが保護色のさめてゆくかな

摩天楼よりも虚大なトランプの裏面ついに知らないでいよ

卵白の糸ひく退屈おぼえつつ中指をもて地球儀まわす

カンガルーや懐中時計や鍵盤が親切にしてくれる金曜日

ゆるやかな楽部屋ぬちに満たしめて海草ごっこをしており吾は

ささやかなフルート主義者　風景から追放された楡が細胞

《夜まで》の《まで》がいっぽんの楡となりきみへきみへと葉擦《はずれ》の音は

ハーブシャンプーしたての髪を拭くわたし12種類の声で歌える

遠方に棲むとはいえどさは云えど体内羅針盤つねに汝《な》を指す

秋風にきよく額をみがかせてアテネの神話おもいておりぬ

あしたへの遠近法の坂道をユークリッドと腕くみ進む

あらたえの藤の花房ゆれやみてとおき手紙を書かむとおもう

羚羊《かもしか》狩

奏法を知らざるビオラさながらに汝《な》の総身をみつめていたり

フランスパン買いてもどれる街はずれ仮装したくてたまらなくなる

て・に・を・は、と舌より分泌しやまざるアルタイ語族ひしめく電車

逢うことのできない今を踏みてゆく　白鳥座駅《シグナス》にちかき草原

男とうポプラに光るいちまいの葉である美《は》しきわが恋人よ

きみの名と同音である抽象語ふとさりげなく会話にいれる

羚羊《かもしか》狩にゆかざる男みちみちるＪＲ線新宿駅よ

平行四辺形の女がやってくる　並木道を泣きながら
ああ転機おとずれざるか蟻地獄棒で破壊し立ちあがりたり

衛星イオ

木星の衛星イオの活火山きみ語りつつ氷菓子なむ

トンネルを走る車窓にうつりたる自分が異性にみえる時あり

密猟者の表情をしてきみの背をながめていたさ夏至だったのさ

たそがれに頬杖のまま味わうはエジプト文字で記したい追憶

あじさいの色づく速さかなしみて吾のかたえに立ちたまえかし

めざめれば又もや大滝和子にてハーブの鉢に水ふかくやる

角笛吹きたがっている唇を意識しており図書館のなか

わたくしの赤あかとせる魂がアステカ遺跡に掘りおこされる

月に飼われる

愛を告ぐそのときさえもにっぽんの我らの母音つつましきかな

花はみな定型もちて咲きつづく　イザナミの声イザナギの声

昏《く》れてゆく刻にハンカチ洗いつつ月に飼われている少女あり

窓あけたばかりの部屋のかたすみに人形の顔われより聡《さと》し

《原罪》の思想にとおき桜さく季節となりて私道をゆくも

西行がかつて踏みにし街道のゆんでに立てる片瀬郵便局

うつし身のベースボールのなりゆきを案じながらに桜ながめる

異郷のはじめ

噴水のそばで来ぬ人まちながら諺《ことわざ》ひとつ作りましょうか

白鯨が2マイル泳いでゆくあいだふかく抱きあうことのできたら

あじさわう目からあふれるH_2O　つめたき鍵を遠因として

楯《たた》並《な》めて泉の恋は湧くなれどセントエルモの火見たくあれど

夏くれば蛇の腕輪をとりだして書きつかれたる右手にはめる

エルフらが憑きたるごとくまだ電車とまらぬうちに立ちあがりたり

さみどりのペディキュアをもて飾りつつ足というは異郷のはじめ

日本画のキリスト

油絵をさげ歩むわれ空たかき鳶に視られているここちせり

きみに見せたき教会のあり日本画のイエスのおおく飾られている

を下さい・へ行かしてよ・に成りたい　バベルの塔の形うつくし

わたくしの影まちている道ありて街の射弓場へつづくも

8プルグ金貨で売ってしまったよ馬のかたちの嫉妬心をば

麦畑　腕の帆はりてふりむけば背中のうしろに広がる未来

花束は待ちているなり　非死者らの合唱の声ホールにひびく

相対性理論を習うまなざしの二億秒まえ飼っていた猫

天文台にて

森のなか黄なる曲線ほこりいる天文台にきみと入《い》りゆく

きみと行く天文台の階段につまずきそうな秋のゆうぐれ

月《つく》よみのみことは長きその指を階段のぼる吾にさしだす

観測用ドームに入《い》ればはかなかる野球の試合おもかげに顕《た》つ

神殿の柱のごとくおおいなる望遠鏡《テレスコープ》に腕さしいれる

ひさかたのひかりの声は機械《メカ》のそばゆたにたゆたに吾をつつめり

天文台学術員はわれに云う　みどりのムーンのぼる異星を

みずからの娘のごとくカシオペヤ銀河の写真とりいる男

人体の望遠鏡《テレスコープ》により見ゆるこころの闇のかぎり知られず

体内元素

修道女しろき落下を駅前のポストにあたえ立ち去りてゆく

血管に棕櫚酒ながるるここちをば吾にさせたる青年いずこ

体内の元素が異星から来たという説ききて帰る道なり

まだ発見されぬ法則かんじつつ深ぶかと吸う秋の酸素を

オリオンの神話のなかのわたくしは君にむかいて弓をひきたり

部屋じゅうの円形の物いとしくてそれらの数をかぞえはじめる

3という数あがめつつアラビアのじゅうたんの鹿ふみているとき

反意語を持たないもののあかるさに満ちて時計は音たてており

森なかの梟《ふくろう》目ひらく頃にして合鍵つくりに家いでてきぬ

銀の闇

青空のまやかしふかく目にしみる朝家をでて小田急線へ
毎夜さの夢《いめ》みないるる摩天楼なしといえども無しといえども
目つむりて銀の闇を視てごらん　五分のなかの五千万年

珈琲を立ち飲みしつつ今こころミイラ製造職人のよう

スプーンのなかに逆さに映りたる自己自身《マイセルフ》をば布巾でみがく

薬師寺へいしみち姉とあゆみつつ口を過ぎゆく荒魂のあり

恋ということのはつくりしやまとびと女なりしや男なりしや

不満げな顔の牡鹿は脚ほそく南大門へあゆみゆきたり

おそらくは角髪《みずら》の男うつりたる古青銅鏡に顔ちかづける

光年詩

むかし昔あるところにとおおいなる薄墨桜咲きわたるなり
ふたりのみ向かいあう部屋　あたらしき笛に神話を吹きこめよきみ
ふきなびくアラビア馬のたてがみの長さの時間まちていたりき

青空を傷つけてゆくジェット機はまだ存しない過去へとびさる

月球《ラリユンヌ》がひとつしかない偶然のあおしろく照る時刻となりぬ

花巻の記念館には光年の詩をみごもりし男の写真

ラケットをスマッシュさせてこのごろの若き女の金属母性

青空の胎内にあるこの街の図書館のそば自転車でゆく

大理石のように冷たき水のみて夜の怒りを鎮めむとする

III

ウォツカと円周率

噴水を尊敬するがに見つめいるおさな児のありようやくに立つ

朝夢の出口をぬけて来しわれは雨音いよよ激しきを聴く

良いほうに解釈してもヨーグルトに砂まぶしたる味がしている

夏ははや衰えゆけどみずからを祀りて咲くは百合のしろたえ

片恋にかなしむ人よクリュティエの向日葵の種うすき手に乗す

夏たけて窓ちかく咲くしろたえの百合こそ悪の花かもしれぬ

「潮騒」のページナンバーいずれかが我の死の年あらわしており

昭和というウォツカが壜に三センチのこったままで捨てられている

北風の秀《ほ》にひるがえる日の丸の円周率のごとし議論は

ヤコブの相撲

黙しつつ土手を歩めりたまきはる我らの空は虹をうしなう

秋いくつたくわえながら女とは騙し絵のなかの無限階段

罌粟《けし》の花百本ほどの運賃の旅にでるなり星座盤もち

自らのためきよらなる噴水の音に背をむけ遠ざかりゆく

端居して胡桃割るとき想うかも　神と相撲を取りたるヤコブ

不死鳥

きょう我が口に出したる言葉よりはるかに多く鳩いる駅頭

いちまいの闇をいれたる封筒を出しにゆかむと立ちあがりたり

一度しかゆかぬ道あり数《す》千回とおる道ありそれぞれ恋し

ゆえ知らずわれに湧きくる不安をば珍熱帯魚として眺むるも

胎内に身長五センチなりしころふとも想いて定規をつかう

青空も兇器のひとつ　たたなめて命を積めるジェット機はゆく

不死鳥を焼くよおみなの白き手が　ゼウスは家をいでて帰らず

ちょうつがい

はろばろと熱く射しくる日輪光われの頬にて旅おわるあり

おのおのにくるおしき魂《たま》棲まうらし　海には修司、山には茂吉

インディアンサマー体内音楽はしきりに鳴りて吾《あ》をあゆましむ

ドードーのようにほろびし恋かつてこの指にあり　海のあかるさ

しばらくは口いっぱいに蟠《わだかま》る練り歯磨の偽善の味よ

高層の窓辺にまわすスプーンより小さきかなや地をゆく男

ちょうつがい錆びつつ笑う　たれもたれも定住という罪をつくりて

いま街をおおいているは怒りたる巨人の白目めきたる空よ

細胞

地球《テラ》に軟禁される生物ゆるゆると髪とかいうもの洗いおわんぬ

頭からはえる時間を梳かしおえデンティストまで行かねばならぬ

とぶ鳥をみおろすビルの一室で奥歯あきなうほそき指先

切株にミルクこぼれる夏の日にカインとアベルふたりを愛す

窓のそと青嵐《せいらん》が居る　ウェディングケーキはバベルの塔のレプリカ

吾という六十兆個の細胞を観覧車に乗せのぼりゆくなり

夢のなか腐りていたる木片は醒めればあまき黄金となる

ゼット

パソコンのZたたけり　にんげんを必要とする動物すくなし

わが腕へ織りこまれたる静脈の模様をだれが決めたのだろう

ロールシャッハ・テストに使いたき雲のま下あゆめり紅茶を買いに

灯台のいただきに腕さしのばし風の結晶そでに入れつも

とつぜんにコップが神秘的に見ゆ　牡鹿のようなビールをゆるす

電球の面にゆがみて映りつつ妖精《エルフ》となりている母と父

白百合の花弁のなかへ梵鐘の音はながれて入り来るものを

ドラッグを飲まぬというに街路樹の千のみどりの目とみつめあう

胎内にわれを編みているときの母の写真とまむかいにけり

矢筒には

この壁の木目は神の指紋かとみまがうばかり息づきにけり

あやしかる角髪《みずら》の男と逢いしかな木の減りてゆく国にねむりて

矢筒には花をみたしめ花瓶には矢をみたしめよ歴史負う民

冬虹の内側とその外側の触るることなき人を想えや

忘却界

スプーンの目とみつめあう夕ぐれよふるき蜜をば掬わむとする

狼の足の数だけ逢いしかな　那須高原に車体ひからせ

さみどりの冷たきチューブしぼりきり人魚が魚を釣る絵えがきぬ

泣くという二次元界にながらくを居りたるのちに開くパレット

「さあ黒くしてください」と白が云う　さてもチューブなるものあやし

大海《わたつみ》はなにの罪かや張りめぐるこの静脈に色をとどめて

ソプラノの高さの空へ猟銃は向けられている　イーハトーヴォよ

琥珀なる古代化石をゆるやかに首にまといて元旦は過ぐ

わたくしの忘却界に棲む人をもてなすためのマーラー五番

青空に唇うかぶ昼さがり　丘のうえなる教会尖塔

鏡レクイエム

わが髪はレクイエムの色なして立ちあがるなり海からの風

ゆるやかに水平線へ触れむとす副葬品のごとき日輪

鳥と鳥たたかいあえり　かがなべて鏡のなかへ祖先を誘《おび》く

沈丁花窓より薫りはつこいのときの鏡にうつるうつそ身

野兎の骨のさいころ転がして接吻ひとつ賭けている人

遺伝子の旅

あさどりの朝たつ母のうしろ背を窓のうちから見送りにけり

むらぎもの心ふくらむ少女期に水車のように悩みはじめき

とおき日に歌いし「むすんでひらいて」の作曲者たる哲人ルソー

わが内に螢籠もつ男あり　逸機というはつきせぬ泉

ギリシャびと万葉びとに恋われたる弓矢剣馬楯鐙

神殿の石の柱に凭《もた》れつつまことにまことに吾は水なり

女は樹に男は花に死ねばなるギリシアびとの物語かも

十二人の妻にかこまれ時計《クロック》の針の男神《おがみ》はとどまらざりき

セーラー服まといて長き弓を持つ少女の群れとすれちがいたり

二千個の人形かざる博物館どの表情もみなわが心理

弓なりに飾られている恐竜の肋骨ごしのステンドグラス

遺伝子の旅はつづくよ　狼との混血犬が引いてゆく橇

猫の目にむかいてそっと聞いてみる「宇宙はなんがつなんにち生れ?」

おおいなる十字架にだれも架かりいずさみどりの蔦《つた》からみつくせり

十字架にあらずサーフボードをば背負うキリストわが前を行く

赤、紫、緑の発作　大空にひらく花火のゆがみを愛す

魂は降りてくるなり　くれないの傘をひろげて避けむとぞする

指爪のなかに見出すアーチ門ちいさけれども羅馬《ローマ》のしるし

泣いている少女よダイヤモンドもきみの体も炭素原子だ

ユニコーンの角のようなる独身のわれは桜並木をあるく

樹齢二千年の樟《くす》の葉ひろいきて岩波古事記の栞としたり

道作る外《と》つ国びとの若者の太き腕《かいな》に吸われる光

青空を飛びゆく指紋おびただし国というもの齢《よわい》かさねる

白球の叙事詩《エピック》

背番号わかきピッチャー運命をだしぬくように三振を取る

ホームラン放つバットが種子だった姿おもうよ水を飲みつつ

三時間ならびたるのち吾のごと不安定なる試合と出会う

ピッチャーは白き悪意をほうりつつわが歓声をゆたかならしむ

異星人にも野球伝われ　ピッチャーの血つくボールは地球のレプリカ

バッターは打席に素振りす　待つという事は烈しき能動なるを

うれしいときなぜ手を叩く祈るときなぜ手を合わす内野席にて

神殿と従弟の横浜スタジアム　塩からきボールは大地を叩く

「偶然」と「運命」の差を追うごとく白球取らむと背走する人

勝ちたがる遺伝子たちよ　青空の引力に笑われているホームラン

外野手は走りゆくなり白球という神意をば摑まむとして

野球にも神学やどりいる夜よ九回の裏二死満塁よ

ダイビングキャッチこころみ白球をつかむ姿はアガペにちかく

安全策こばみて走る試合をばわが白球の叙事詩《エピック》として

金髪のジャックが机ごしに言う「一球入魂ハ英訳デキナイ」

白球をうたうごと打て　ラシーヌの演劇論はバットに移る

ボールの起源たどりてゆけばそのむかしアダムとイヴに食われた林檎

カップルで来たときよりもさみどりにカップルのそばで応援をせり

球体のものはあやうくうつくしくピッチャーの手を離れねばならず

血管の迷路《ラビュリントス》をめぐらせて白球なげるわかき肉体

ま昼まの球場にたつあの虹のように衝動きえてゆくらん

「こんにちは私は物の怪《け》これからねNピッチャーの腕に憑くの」

バットをば宇宙の中心地点とし五万人の観衆はなやぐ

あさっての試合の過程とおなじほど不可知なものは母の心よ

ホームベース駈けぬけてゆく男らは母体回帰をとげたるごとく

忘れたき事多けれど観衆の一員となり両手さし上ぐ

出塁し本塁《ホーム》へもどり来ることはオデュッセウスの叙事詩の旅よ

九回のイニングそれぞれ異名あれ　水・金・地・火・木・土・天・海・冥

いちはつの花の姿ともろともに子規は野球を好みたまいき

神あるや神あらざるや野球という三進法を見ているときに

解説

岡井隆

大滝さんが、合同歌集『保弖留海豚《ホテル・ドルフイン》』に参加したのは七年前一九八七年である。その本の解説でわたしは次のように書いた。

「大滝和子について。

このやうな女歌人《をんなかじん》が、不意にあらはれること自体、不思議である。平然と、といふか、さりげなく、といふか、和歌はよみがへるのである。

サンダルの青踏みしめて立つわたし銀河を産んだように涼しい

フルートの音《ね》にかぎりなく許されて咲きはじめゆく唇ひとつ

おどろくやうなことを不意に言ひ出すのだ。こちらがびつくりしてゐると微笑んでゐる。どの一首をとつてもその中に小さな発見が、そつと押し込められてゐる。

かういふ人を、あの猥雑な歌壇といふ所へ出したくない。自分たち仲間だけの宝にしておきたい。さういふ気にさせる歌が、あとからあとから、出てくる。」

七年後に、この本の解説を書かうとして思ふのは、大滝和子の歌は、変らないといふことである。相変らず、みづみづしく、不安定で、どこか危ないところを含みながら、詩の世界で舞踏しつづけてゐる。

それから、もう一つ言ふと、大滝さんの歌は、すぐわかるといふことだ。頭でわからなくても、胸へつたはつてくる。そのためもあるだらうが、この本は、歌を読む愉しみを教へてくれる一冊になるだらうと思ふのであるが、実は、わたしは本の形では、いまこれを手にとつてゐるわけではない。ゲラで読んで言つてゐるだけだから、本になつてから、もう一度、おどろき直すことになるだらう。それをたのしみにしてゐる。

　ロザリオのごと瞬間《たまゆら》のつらなれる一日《ひとひ》終えつつ脈はやきかも

　眠らむとしてひとすじの涙落つ　きょうという無名交響曲

かういふ直喩、隠喩におどろき、それを愉しむところから、大滝さんの歌の衝撃ははじまる。それは確かに軽いショックである。しかし、ほとんどどの一首にも、この快い衝撃の源はひそんでゐる。

たとへば、わたしたちは一瞬一瞬の生のつらなりを「ロザリオ」のやうだと思ふだらうか。大滝さんはたしかカソリック系のミッションスクールの出身だ。ロザリオは熟知の対象だらう。ロザリオは祈念につながり、神を想ひ出させる筈だが、かといつてこの歌には、大滝さんの他の歌と同様、既成宗教の匂ひは薄い。それでゐて、大滝さんの歌は、純粋に、詩の神を讃美してゐて、なんらかの意味で讃美歌には違ひないのである。

巻頭に近い右の二首は、いづれも一日の終りの時の歌である。眠りの前の禱りの歌であるといつてもいい。「脈はやきかも」「ひとすじの涙落つ」と言つてゐるけれど、すこしも暗くはない、お禱りくさくない、晩禱の歌である。

大滝さんの歌は、短歌の喩の種々相を示してゐる。読んで行くうちに、〈大滝的・短歌喩のすべて〉を、あるカテゴリーを設けて分類したくなるほど、豊かである。

大滝さんの歌が、いつになつても基本的に変らない印象を与へるのは、一巻あげて喩の祝祭であるためもあるだらう。やはり、喩の名手の一人である黒木三千代さん(例『クヱート』)とくらべると、これは世代的特徴ともいへるのだが、黒木さんには何か歌ひたいものが先にあって、そのための喩が選択されてゐる。だが、大滝さんは、喩はひたすら短歌の美に奉仕する〈喩のための喩〉といふおもむきがある。だからといつて、それは唯美家の歌とは違ふ。晩禱といつたのは、そのためである。

これは、短歌研究新人賞を得た「白球の叙事詩《エピック》」の場合も、そんなには変らないと思ふ。たしかに、題材は、いつもの大滝さんと違つてゐるが、野球がまるごと、なにかの寓意（といつても、露骨なものではないが）になつてゐて、その寓意をささへる柱は、みな細かい喩から出来てゐる。その点では、大滝和子の世界の作品なのである。

あおあおと躰を分解する風よ千年前わたしはライ麦だった

迷いつつ脈打つわれの肉体が白点となる距離もあるべし

かういふ歌は、大滝さんの禱りの特徴を、はつきり示すものと言へるだらう。ライ麦の歌でいへば、「千年前」の「わたし」を恋ひ思ふといふことは、現在の「わたし」から遠くはなれたものを信じたいといふ心なのであらう。妙に深刻ぶつた歌でないのは、いふまでもないが、この禱りは、まるきり明るいわけではない。軽く爽やかさうに見えながら、感傷はかへつて烈しいといつていい。

「迷ひつつ」の歌は、大滝さんの得意な宇宙的な遠近法に似てゐる。自分の迷ひを、自分の肉体を、ある離れた所から見てゐたいといふ願望なのである。かういふ願望をうたふ人は、たぶん、現在の自分のうへに、どつかり坐り込むことのない人だらう。どこか、不安げに、ひらひらと、有限の時間と永遠のあひだに漂ひながら、歌ひつつ揺れ動いてゐる。長い間に作られた筈の大滝さんの作品集が、一点を中心にして無窮動をたのしんでゐる喩の舞踏会のやうに見えるといふのも、そのためなのだらうし、それは、今の短歌の世界では、例外的な事例といへるのかも知れないのだ。

大滝さん自身、

少数民族《マイノリティー》の最後のひとりの瞳して玄関先にミルク取りにゆく

と歌つてゐる。詩における「少数民族の最後のひとり」かも知れない。この純粋歌人の第一歌集を率直に、しかし、そつと祝福したいと思ふ。

あとがき

この第一歌集『銀河を産んだように』は、「未来」に入会してから昨年までの作品のうち三百二十六首を選んでまとめたものです。

そのなかには、人間とかかわりあう宇宙の歌が少なからずあります。個人的な話ですが、月子という名の母を持つ私には、宇宙が理屈ぬきで親しいものに思われてなりません。

歌集を編みながらこの一冊が、宇宙に対する私なりのささやかな捧げものになってゆくのを感じました。第一章のタイトルは、「地球の隣人」である金星《ビーナス》によって始めています。

自分の手のひらをめぐる幻想が成立しうるいっぽうで、今これを書いている瞬間に、何億光年も離れた星がリアルなものとして厳然と存在している事に畏怖を感じます。それと同時に、人類の深層心理の内なる宇宙空間に関する興味も尽きることはありません。私の短歌にとって、比喩とは内なる宇宙空間における自然現象といえるでしょう。耳を澄ますとき、人体と天体とは互いにひびきあっているのです。

今までに多くのかたから、作品について貴重なお言葉をいただいた有難さを身にしみて思います。

作歌をつづけながら、第三十五回短歌研究新人賞を「白球の叙事詩《エピック》」によりいただいた事は、大きな励ましとなりました。

さまざまな折に御指導をたまわり、あたたかく私の短歌を見守ってくださった上に、すばらしい解説まで頂戴した岡井隆先生に心から感謝申しあげます。

読者のみなさまとこの本が幸福な出会いをするよう、せつに願っています。

最後になりましたが、歌集をだすにあたり、たびたび丁寧なアドバイスをして下さった山田富士郎氏、出版のいっさいに関してひとかたならずお世話になった、砂子屋書房の田村雅之氏に深く御礼申しあげます。

一九九四年六月

大滝和子

第二歌集
二〇〇〇年九月七日発行／砂子屋書房刊

人類のヴァイオリン

I

また降りたちぬ

はるかなる湖《うみ》すこしずつ誘《おび》きよせ蛇口は銀の秘密とも見ゆ

スカートの影のなかなる階段をひそやかな音たてて降りゆく

家々に釘の芽しずみ神御衣《かむみそ》のごとくひろがる桜花かな

名前なき墓石売られいるところ彫りふかき目の男はたらく

扇風機しろく煙らう　地球での死者と生者の比率はいくら

覚えたくないはやりうた脳に蒔かれある夜するどき口笛となる

胸板に耳をあてればあかねさすアレキサンドリア図書館の見ゆ

はてしない宇宙と向かいあいながら空瓶ひとつ窓ぎわに立つ

レモンからレモンという名剝脱し冷たき水で洗いいるかな

幻聴のごとくに摩天楼そびえアラビア数字ではいりをせり

十戒を刻した板のかたちして食パンはいまわれに焼かるる

胎ふかく満ちはじめたる月光はまた意外なるひとりを照らす

レッドとはなんとさみしい色だろう　アスファルトのうえ濡れいる雑誌

縄文期一万年はつづきしと聴きたるのちに銀行へゆく

ベッドからまた降りたちぬ八時間われなる海をさすらいてのち
パスカルに乳ふくませているごとく運命論につき瞑想す

まれびと炎

ひとつぶの鳥の眼《まなこ》に映りたる森林地帯われは羨《とも》しむ

レントゲンと同じ誕生日の姉よまだ娶られず萊ゆでており

鳥卵を叩ける銀の匙の音あさな朝なに我は聴きつつ

子を売りて人形を買う母親のいずこにかあるごとく雨降る

夕食のハムを購いかえるとき沖に光のジッグラト立つ

ガスの火がしずかに燃える音さえも未生ソナタに聴こえる夕べ

きみに逢う稀日《まれび》は明日にせまれるを体温計の神託を受く

み冬なる桜のしたに赤あかと濡れたる羽の散らばりており

雪ふりている横浜の街あゆみたれもたれも同一人物

3かむるモーツァルトの小品はあな恐ろしき沼へつづけり

縄文のわかき祖霊よわが恋をたすけたまえよ窓ガラス鳴る

ガスレンジ押す瞬間にさみどりのまれびと炎あらわれて消ゆ

春ちかきnobody が座りいる椅子の背凭れことごとく笛

髪

何をせむ腐りおえたら何をせむ　躑躅《つつじ》の園を丸くめぐりて

kangolのバッグ持つ人よKの字は「こころ」のKとなり我を打つ

銀ノブを磨かむとして跪きノブのなかなる原子おもうよ

わが部屋に銀ノブ浮きて千一夜また千一夜まわりつづける

ふさがれた聖杯形のノブ回し母方伯父を見舞いにゆかむ

このノブとシンメトリーなノブありて扉のむこうがわに燦たり

太古から手渡されてきた悪意うすき鼓膜に響きておりぬ

ブランコに吊されている亜麻色の髪の人形うごくともなし

半透明青年から殖えひろがりて摩天楼都市あゆむ人びと

高原《たかはら》にみわたすかぎり能面が敷きつめてある「戦後五十年」

カーテンが拳のごとく結ばれるさみしき窓をわれは見たりき

唇の門の番人ねむるなよ　テーブルに立つ発泡酒はも

白桃の汁に濡れつつみずからを宣言しいるナイフのかたち

若夫婦棲むこの家にみずいろの死蝶は高く飾られている

あたらしいサンダルを穿き歩こうよ　ヤコブの梯子、夢の浮橋

人形《ドール》から人間《ヒューマン》になるときのまを睫ふるわせ姉ほのじろし

雑談の中心としてきらめけるスケートの刃のような不在者

光ファイバー開発室でみけむかう淡路の人に恋いしそのころ

髪の毛が剣のごとく逆立てる女ら乗せて輪廻鉄道

わが指紋食器戸棚に閉じこめて嵐の前の海を見にゆく

ラッシュ時のプラットホームに入りていく無抵抗なる椅子の赤布

校庭のすみの百葉箱めぐりシンクロニシティおこりけるかも

午前二時眠られず　拝火教徒にもならず　シリアルを食う

白馬に右手むすばれ黒馬に左手《ゆんで》しばられ裂けゆくごとし

「祈るな」と神は云いつつ紫陽花の陰に遊びているにあらずや

誕生日似ている君をともないて再び訪わむ思春期の滝

おおいなる地球《テラ》の軌道をwith hair 一生《ひとよ》かけつつ廻りいるのみ

君という砂漠のなかで眠りたし　エデンとパラダイスのちがいは

人類

人類のすべての人と見つめあう心となりぬ固き寝台

八月三十一日のバス　空色に爪伸ばしいる二人の女

いま我はヒースクリフの女性形　ゆがむ球根土にしずめる

えびすえびす告白したい限りない渦巻模様となりつつえびす

噂らの龍田《たつた》の市《いち》のたつ電車　磁気おびている瞳を積みて

倦怠の日々のあわいに挾まれし栞のごとき一日なりき

薄日さし段のうえなる雛人形、非無重力地帯にありて

禁じられた事を想うよ眼差《まなざし》が鏡に映るようにしぜんに

チェンバロの半音階を刺繍して紅《くれない》におう柘榴得るなり

春夏と秋冬四人の夫持つ女神の息に髪吹かれいる

仲秋の名月ひそむ大空に妖女メディアの電波た走る

アスファルト、否《いな》あすふぁるど、asphalt……うつし世になき文字ぞ恋しき

たまに逢う日は玉藻《たまも》なし揺れながらあなたの爪をつくづくと見る

資生堂六角形の石鹸はうすみどりして今日も働く

天からの白さによりて死する者、スノーマンにて遊びいる者

百ふさの乳房もつ我ラスコーリニコフを殺しピカソを殺す

縄文の母と弥生のわが父はかなしき逢いを川辺になせり

うずまきの銀河かかげて母なるや縄文土器は視線入れつつ

駅前に縄文土器展ビルそびえ入りてゆかなウィンドウズある

椅子の都

青年の咳を受けつつ磔刑に処せられている「黄色い心臓」

おお江夏えなつ江夏と枯野ふく時ぞこごりて鍵となりぬる

活用をたれか禁ぜよ　椅子kiss、椅子kill、椅子、椅子king、椅子kite……

抱擁はひとつの都　天帝の靴のなかなる交響曲よ

磨かれたレンズとともに恋人はさみしく宇宙いれかえている

ふるさとで泳いだようにいくたびもあなたの額髪を刈りたい

なにとなく片づけをした部屋彦につつまれて寝る夜のふかさよ

頭から修道女的服かむり葉脈のそば歩きはじめる

グレゴリオ聖歌満ちいるわが部屋の扉はげしく叩く手のあり

梟《ふくろう》に禁じられているごとし女同士でテニスすること

ほの光るＤＮＡをたずさえてわたしは恋をするわたしもり

右側と左側とがうつし世にあるさみしさや君とあゆめり

いちにちの出来事たちを切り離す「べつべつ祭り」ましろく開け

3月は3日のひざし川面《かわも》にも橋のうえにも僕の影あり

血ぬられた墓のポストを遠ざかる道さまざまな家へつづけり

なこうど

わたくしの風の眠りを食むようにセロリスティック、コーンフレーク

月齢はさまざまなるにいくたびも君をとおして人類を抱く

シベリウス朝あけソナタ公園のひとえ桜でまっております

いまわれら話題にしたる人麻呂よ霊の国からなこうどになれ

はつなつの腕時計《リストウオッチ》に映りいる鳥よ髪の毛よどこまで深き

戀という古代への道あゆみつつきょうは羽衣商人に逢う

汗くさきにおい放てる馬の背に桜こぼるる夕まぐれかも

ゆうぐれに赤いピーマン刻みつつ潜水艦にいるごとく立つ

頸骨を回しおえればこの道のかなたの人の姿消えたり

味噌汁は冷えつつ雲の澱《おり》もてり恐ろしきキノコ雲を想うも

父

パーキンソン病の両手を震わせて髪しろき父祈りつづける

父の尿われは見つめる　半生を祈りつづけてきたる男よ

わが父の介護のためにつけられし手摺ひとすじの精霊道

病む父と君とわれとに廻られる太陽球を背中に感ず

口紅のようなる靴がならびいる小田急線に涙ぐみおり

張りつめたガラスごしなる月光よ　百合のなかにも奥の細道

玉虫の厨子に入れぬ者たちがつどい渡れる十字路なりき

蝙蝠《こうもり》は半透明な耳をして落ちたるのちを母に抱かれる

泣き叫ぶニーチェを入れた乳母車押しつづけゆく坂おおい街

足裏《あなうら》に運命線の稲妻を秘め立たせつつきみと話せり

shallはshall　荒野にたおれいる背《せな》にやさしくわれは降り積もりつつ

刺青のごとき階段架かりいてＯＬあまた昇りゆく朝

たそがれの電車ましぐら少年はオーデコロンを手首に噴けり

想いつつしろがねの匙磨きおり与謝野晶子は冬にうまれた

水浴

水浴はさみしきものか双子なる蛇のごとくに伸びる腕あり

わたくしは父のガラスコップからかぎりない糸ひき出している

弟《おと》よ弟《おと》よ損かえりみずふくらみて世界を統べる2進法たち

にんげんの肖像銅貨千まいと引きかえである冷たいキャビア

夕風にチェックスカートひろがりてわが踏みている階段見えず

きみに逢う日の階段よ銀河から銀河へ渡るひと足ごとに

アーチ橋かなたに視えてたそがれの《ゆるされ麦》を刈る青年や

みじかい髪の翼をはためかせ情念のガラス人形は立つ

きみを得る奇跡への道知るごとく嵐のあとに雫する楡

観音の指《おゆび》の反りとひびき合いはるか東に魚選《え》るわれは

うしろから視られいるかな雷《らい》もちて闇半身をめぐる惑星

白鯨の骨のベンチに腰かけてにがき珈琲飲みいるここち

しりとりをcap versesと教えても、きみ、ミサ、さらば、バイロン忌、きみ

棺桶も掠奪船の帆柱も美《は》しき森より来たりけるもの

ルミネッセンス

哲学の道を雨にぬれながらジョギングしてゆく青年の息

交尾蛇杖でたたきて男から女に変わりしテイレシアース

疾走をしてゆく窓に黒き馬乗りこなしいる乙女の姿

あまてらすおおみかみわが頬に来て遊べりバスを待てるあわいに

ナンバーを持ちいるはるかなる君と水惑星の家に棲みつつ

おおいなる桜並木をくぐりきて人形店の義眼のもとへ

ラケットを抱きしめている少女いて林のなかを搬ばれてゆく

白壁にもたれ待ちいる我のそば舌を秘めつつ過ぎる人々

少年は門の上に腰かけて桜花びら頬に受けいる

性別がふたつしかないつまらなさ七夕さやさやラムネを開ける

やあ冷たい光《ルミネッセンス》くん！　さっきまでシゲルの瞳のなかにいたね

トイレットの鍵こわれたる一日を母、父、姉とともに過ごせり

Ⅱ

匿名たち

教会の帰りにシャイなこうもりの子供を拾い来たりし母よ

雨の日に封筒開ける　ライオンのたてがみ切れる鋏にそうろう

摩天楼はマリアなのだね　ジェット機は天使なのだね　受胎告知図

いってきの涙も宇宙からすれば夏を頌える森林地帯

急行を待つ行列のうしろでは「オランウータン食べられますか」

わが庭のパイン・トゥリーに巣をつくり顔、　顔、　顔と鴉は啼けり

弓なりに光る水平線に向きエジプト象形文字の目ひらく

絹の道いな時の道　すれちがうキリストの目に会釈をしつつ

イデア界戸籍係が坐りいる茶房の窓をよぎりゆく犬

＊

スパゲッティセット搬ばれくるまでは手のなかにあり銀河の写真

それぞれの匿名たちがコート着て新宿駅の地下をあゆむも

信長を鞭打たむと欲しつつ桜ふぶきに紛れこみたり

アルカイックスマイル空に現れて極悪人を包むがごとし

ジェンダーの森へ迷いこんだならもう戻れぬと雪は降りつつ

底もたぬ穴のなかを落ちてゆく真紅の独楽《こま》の旅ねながらに

賢治のあの写真の瞬間わが母はいかなる事をしていたりしか

黄金の公孫樹並木よいくたびかちがう人恋いおなじ道ゆく

橋詰をゆく

震音《トレモロ》のような縮れ毛なびかせて一人のおみな橋詰をゆく

囚人の懲罰として始まりしジャンプスキーに我らはなやぐ

タッソーが夢のなかに現われて字引をひけと云いつつ去りき

春あさき郵便局に来てみれば液体糊がすきとおり立つ

イズミ、シゲル……両性具有の名の人を友達として汗はカオル

血管のバビロン河はわがうちを夜もあしたも流れやまずも

朝床にまどろみいればいちめんのマンナとなりて君は照りつつ

敵ひとり殺むるまでは婚姻をゆるされざりきスキタイおとめ

潮の香を頬にうけつつ橋の上はつこいびととすれ違いたり

無帽にて吾は入りゆく精神的外傷《トラウマ》の桜さきいる小学校へ

オメガ

藤棚の下にことしも憩いおり「とりかえばや」を作りしは誰

裸出せるマストの群はどれもみな哀しく晴れし青空を指す

海岸でカイトを揚げる　永遠のように短いわれの髪の毛

涙よりさらに哀しき液体のある人の世やグスタフ・マーラー

オメガからアルファにいたる階段をのぼりゆくとき映日果《いちじく》を踏む

死後譚としてのいちにち始まりてイルカの写真集を開くも

みずからの体へ飛びて来る武器を花に変えたるシッダールタよ

わたくしに Kazu と囁きおもうさま汝《な》の白愁をそそぎたまえよ
ひそやかな息を受けつつ蜘蛛の子が鏡の崖にはりついている

扉

オシリスとイシスが泣くよ　宇宙夢がしたたり落ちる朝の階段

生は死の仮面と聞こえ卓上に苺つぶしていたりけるかな

花柄の寝台の上《え》におのずから顔すげかえる奇術師かなし

白雲はめぐり巡りて今のわが食みいる桃のなかに甘しも

風の女、月光の女、あきらめるべきところからひしと始まり

目つむれば視えくる辻に化粧《けわ》い立つ　眠りの神に捕えられむと

天使も蛾も翅もちており隣室にロシアおとめの紘は高鳴る

さいころの転生の嘘うべないてはや晩夏なり君とまむかう

永遠の扉を開ける鍵としてきみの体はかたわらにあり

あたらしき闇たたえつつ白真弓ひきしぼるごと汝《な》を遠ざかる

Bank

ビショップにあらざる吾はいたましき声帯平野あゆめるものを

夕焼の空にその身をかざしつつ蜘蛛ひとすじに糸出しはじむ

秋山下氷壮夫《あきやまのしたひおとこ》と春山霞壮夫《はるやまのかすみおとこ》のいずれに添わむ

うつくしき性別不明の人間を画鋲によりて壁に留めつも

近松の心中物を読みながら都市銀行に順番まてり

まどろみの白微光へと現るる男の顔をわが母として

百合の香は廊下をまがりこの部屋の鏡のなかへながれ来たりぬ

きみ以外のおおくのものに恋しおりたとえば摩天楼たとえば馬

＊

桜木に豚が寄るなら豚ばかり素描しそうな心理となりて

えにしえにし／七海

あたらしい交響曲を呼ぶように海に向かってカイトを揚げる
2日ぶん死に近けれど君と逢うあさって流線形にまたれる
ゆえ知らず28なるナンバーに誘惑されてソナタ買いきぬ

声きよい君をとおしてわたくしはありとあらゆる動物の妻

七海を旅した父よクリスマストゥリーの鈴に総身うつる

えにしえにし誕生日にはうつくしい鳥の羽挿頭《かざ》すえにし

姫たちは男で光源氏こそ女であるという物語

《ひむがしの　野にかぎろひの……》五句たちが歌垣なして一句うれのこる

あるときは冥王星の引力に従うごとく眠りゆかむか

irritable、いらち、いらいら、ほぼ同じ　ヒンズー語では何というらむ

わが耳を前菜のごと眺めいる我あり暗き稲妻たてり

大陸の夏さかりなる砂漠にてペニスよ星を指すことなきや

嵐

天と地をつなぐ嵐よサイコロの歴史を読みてひとひ籠もれり

鉛筆が小沢一郎に見えてくる　祈ろうか祈るまいか寝るまえ

アルプスのむこう側より定められわが唇を吸う力あり

マーラーの音符のようにくりかえし並びつづける君と吾とは

ひとえなる瞼降ろして宇宙《コスモス》のなかに抱擁かわしつつある

セラフィタの声するきみよ時間軸《ときじく》が死滅するまで磨いておくれ

土俵《わ》のなかと土俵《わ》から離れてＮキロに同時に立てと鳴きゆくスワン

銀行はいかなるところ立ったまま火のかたわらで眠りいる姉

はてしなき数列の道つづきいてフランスパンをかかえ歩めり

十字なす銀をひねりてひとすじの水道水の影呼びだせり

いくたびも性転換をくりかえす魚のごとくにひとひたゆたう

父の薬受け取りにゆく坂道に嵐来たれりまうしろは海

ぴるぴる

指の束おびただしくも積まれいる春の電車よ　キリスト因子

このへんでランチボックスあけましょう樹に吊された仮面揺れいる

うつし身の吾をとおして手紙書くたそがれどきの桜大樹よ

蝶蝶をぴるぴると発音したらしきいにしえやまとびとの唇

沿線に÷の記号の書かれいる紙おおからむ桜ひらかむ

きみという暗証月光番号にふりそそがれて歩みつづける

The girl in Okinawaの雨が降るまたうわ白む桜へと降る

処女《おとめ》なるベートーヴェンの涙みゆ　父へはげしく挑みゆきしか
ジュテイムの独楽《こま》このたびもおちこちに回りつつあり吾はほほえむ

宇宙はひとつの

ゾロアスター教ゆえ興奮のさなか自動改札機に塞かれる

勾玉のような水溜《みだまり》くぼみつつ送電線を映していたり

みがかれし薬局の戸のつめたさよカール・マルクスに生理痛なし

不可能と可能をむすぶものとして宇宙エレベーターはあれかし

米山《こめやま》が鍋のなかへと崩れゆくこのたそがれを父と呼ばむか

あたらしい涙　グレン・グールドの指を咬みたる直後のような

こいびとよ高層ビルよ珈琲よチャリンクロスの刑場のこと

モナ・リザの貌がひそみているようにふと塩壺を想うことある

平凡なきみの名字と非凡なるファーストネームなつかしみ見る

君も我も彼女もおなじ原子からできているのだ　すきとおる雨

満月の夜の広島戦のためスコアーブックつけております

ナクペンダ、Je t'aime、Ich liebe dich……宇宙はひとつの傷穴だろう

アポクリファ

12歳、夏、殴られる、人類の歴史のように生理はじまる
いじめられる事も忘れてブランコにDNAを揺すっていたの
青年は貌やすらかにチェスを指しなおくりかえすナイルの氾濫

ヨーグルトおなじ部屋にて掬いつつ父から黄なる花粉飛びくる

経外典《アポクリフア》の雨向日葵を濡らしおり　イヴはアダムの2番めの妻

わが母は仮面のごとき白パンに刃いれつつ雨の音聴く

この風は癪にさわるね、ほらあれがマリリン・モンローの灯台

断崖を落ちてゆくときわたくしは君なる山に抱かるる滝

ゆるやかにソナタの奥をあゆみつつ見つめきれない黒海ひろう

地平線まで罌粟畑つづきおり　父の手だけが現われる窓

*

光速源氏物語《緋の浮橋》にひとまち顔の円周率は

フラクタルヴィジョン

七階のシャンプー台に目を閉ざす〝ゆらおりみだりフラクタルヴィジョン〟

わが父が孤独に棲める部屋の壁胎児の形なせる染みあり

階段を降りおわるとき階段はかならず存在するのだろうか

それぞれの死を定められま昼の電車に我ら視線避けあう

公園のひとつ壊され海岸に鳩約聖書飛びていたりき

ピタゴラス駅を過ぎつつ卵むく　キリスト駅は止まらないのか

修道女《シスター》にならなかったよスコップで大地傷つけ球根を置く

この道と靴音つくり我もまた曲面鏡のなかへ消ゆらん

グレゴリオ聖歌のラジオ乱しつつあまつみ空を翔るジェット機

＊

テレフォンの内部へ消えてゆくものは幼年期から変わらぬ銅貨

キジ鳩をジュズカケ鳩は剝落の死にちかきまで突《つつ》きやまずと

木星へ探査機おくる数学の十進法のみなもとの指

わが髪の宇宙のなかに棲みているオデュッセウスと語りあいつつ

パラノイア的金魚鉢砕けたり　つぎに砕けるもの何ならむ

セラフィムが日記をつける　ケルビムが日記を破る　洋梨の汁

きらきらとナイフやフォーク触れあわせ時の支流に漬《つ》く摩天楼

夕焼けのアンダンテ見ゆ　日記文死後出版の恥《やさ》しさならむ

III

ゲルニカの教室

中学の教室うつる陰画ありちいさけれどもゲルニカこれは

自殺者を出した鉄塔製図せし松坂技師に茶を淹《い》れる吾

いっぽんの矢の刺さりいる鷹つれて森が私にやって来た日よ

うつくしき箸いくたびも唇に触れたり魚は姿なくせり

青き列車映されて過ぐS眼科待合室の額ガラスのうえ

眼球を測られるため覗きたるレンズの奥はアフリカ草原

バイオなる果物たちの婚姻は愛あらずして甘きしたたり
黒髪に税かかりおり火の酒のまわれる脚に税かかりおり
強迫観念のごとく街のあちこちに捨てられている《午後の紅茶》は
砂漠なる神の仮面をとおりぬけ正倉院へ来たる紺瑠璃

おおぞらの音符はるけく巡る夜しろき門扉はひらかれにけり

さとうきび畑をわたる太陽に冥王星も吾もしたがう

顔もちて

顔もちて生《あ》れたる者はさみしやな襁褓《むつき》・気沙羅着《きさらぎ》・矢宵《やよい》すぎゆく

米軍のジェット機音は夕餉なるしろき魚に染みこみてゆく

窓からの日輪光にそめられて数式を解くマリリン・モンロー

シカゴゆき最終便のドアしまり電気椅子ある国に月さす

絶壁のごときSEIKO製品に秒針の影のぼりくだりす

あえぎつつ猛犬は見る　地球儀のビーチボールが蹴られるゆくえ

おごそかにきみの名の文字謡わるる銀河系にてシテは舞うなり

切られたる白馬の首よチェス盤に妻帯王を攻めつつぞいる

妄想は青麦のごと騒立てり　無人球場吹く風ゆたか

マンモスの骨組みあわせ建てられし太古の家へ魂《たま》はいりゆく

グレゴリオ聖歌のひびき聴くときも密かに伸びてゆくわれの爪

向日葵も百合もおなじくらい好き　ポストオフィスまでの道程

電流をいつ与えむか掃除機《バキューム》は死神のごと首のばしいる

ダークマター

キリストに鞭ひびくとき弥生土器しずかに湯気をたてていたのか

紅梅の苑ゆるやかに歩みいる隠れ切支丹《きりしたん》ころび切支丹

サイレンは走りぬけつつ街じゅうの鏡がうたう沈黙霊歌

わが指はとおい銀河を呼びておりモヘアセーター編みこみながら

いろいろな3がありますいろいろな花がありますㅤ離陸ちかし

いっせいに天に向かいて震えいる陪審員のような並木よ

鍵によりガラスとガラス閉じあわすその行為《おこない》もたそがれてゆく

焚きしめた十二単《ひとえ》に隠しいるダークマターやブラックホール

わが母は日輪光に手をかざす　ゆめのうきはし　しはきうのめゆ

間奏曲

さきの世の鷹狩の日の白藤はいま君となり吾《あ》をくるしめる

たまはやす塔立ちにけり東《ひむがし》にありのままなる塔立ちにけり

歌垣へこれから出かけゆくように胸までのびた髪ときはなつ

月よみのみことにながく恋いわたり朝な夕なに箸うごかすも

人麻呂の音のようなる白桃をきみに手渡す夕べとならむ

あけび

プールにもはや秋の風　みずからの影へ飛びこむ女ありけり

暴風雨ちかづきてくる夜の卓まぶたを持たぬ魚食みており

修道女《シスター》になりたる幼友達と木椅子を奪いあいしあの夏

両手放し自転車に乗る美少女のゆくえわからぬ朝の道かな

スリムなるサリンジャー氏が云っていた「すべての人は修道女だ」と

足裏へまで響きくるたそがれの雷《いかずち》の音　わたくしは壜

夕日あびスキンヘッドの地球儀の大陸はみな歪めるものを

神の名を呼ぶことさえもできなくて或る緯度のうえ泣きたり吾は

ひそやかに石鹼痩せてゆく日々をまだ告げえざる言葉のひかり

4番線ホームを蹴りて2番線ホームへむかう一羽の鴉《カフカ》

彗星の衝突つげる新聞のインクが膝につきたる夕べ

洋凧を持ちて走れば格言の鴉とび去る浜辺となりぬ

*

六まいの翼そよがせ熾天使《セラフイム》はとおりすぎたり土俵のうえを

修道女ふたりいで来てくれないの林檎をあまたトラックより買う

月光を浴びつつカーテン閉ざすなり　睡眠国《ヒプノス》と貿易をせむ

水星のクレーターの名となりてムラサキシキブこよいも巡る

えいえんに腐らぬあけびあるようなさみしさきょうもあなたを愛す

人知れず回る大地のうえ歩み母なるものよ父なるものよ

何づくで君をさらえばいいのだろう　V字型なす雁たちの群れ

Kの声

うつそ身は五十階へと運ばるる　婚姻の森にいまだ入らず

沈黙の音階弾かれいる今を墓地に降りてくる翼あり

にんげんの首が起源という説のさみしからずやサッカーボール

さまざまの饐《す》えたる眼《まなこ》またたきて鳥獣園に夕闇は来つ

蝶蝶が人を食べてしまう夢さめたるのちの汗をあらえり

たれもたれもみんな寂しい自動人形《オートマタ》　桜みるため集まりてくる

やがてまた闇となりゆく寒空に日米国旗はためきやまず

山鳥の尾のしだり尾のながながし時たちにけりピル承認に

雨のなかスケートボードに乗りている少年よなにに招《お》がれしならむ

わたくしがマイナス七百歳のころモンゴル帝国興《お》こりしという

閉じられし扇のように横たわり遠雷《とおいかずち》の音を聴くなる

あきらめの曼珠沙華群あかあかと咲きいるところひとり歩むも

心とは「ころころ変わる」が語源だと云いし数学教師なつかし

虚栄心平均値をば越えたるや　ヨセフのごとき半月懸かる

おびただしき零《ゼロ》付けられていずこにか人肉を食むドレスあるらむ

いま僕はあたしを洗うわらわさえ私の恋をあやぶみている

サウスポーの子規

人類のすべての男女ゆらら織りゆたかとけあうような大穹《おおぞら》

蒼空はふとさいころに似たらずや　ダンテ夫人とベアトリーチェと

向日葵よ私は欲しいものがある　しなやかに腕のうぶ毛が光る

入りつ日は古今集へとつらなりてサウスポーの子規打たれつづける

母の臍《ほぞ》われの臍《ほぞ》とが春さむき街角にしてすれ違いたり

粘土子という名の女この国にふたりくらいはいないだろうか

きみとわれの間《あわい》を走る山脈に雷鳥の卵孵《かえ》りつつあらむ

みずからの形に空気押しのけて人間立てり道のおちこち

青空のとおい県から飛行して考える葦の君をさらわむ

ファミリートゥリー

振り向きて塩の柱に変えられし女したしく秋すぎむとす

いちまいの風景画みて日没とわれは言うなり母は夜明けと

まぼろしの家系図の影ながく曳《ひ》き青年は橋わたりつつあり

スーパーのレジで働く地母神がわれのキャベツを数字に変える

鳩視つつ坐るベンチのかたわらに稗田阿礼という人のあれ

てんじょうの鏡に逆さ吊りとなり杏仁豆腐食べる人びと

いらいらは怪《け》しき扉よ開けぬれば異郷の紅葉《もみじ》そこにあるべし

男の墓からだけ出土するというヴァイキング青錆天秤

洗顔の人となりつつまなうらにひろがる銀河とおりぬけたり

わがなかに百済観音ありてまた百済観音のなかに吾いる

トンネルに入ればふいに見えてくる常世の国のトーナメントよ

たなばたの日の歯科医院にんげんの小暗き洞《ほら》を覗ける女

無限数列

富士山の赤き写真に映りいる階段のぼり消えゆく看護婦《ナース》

烈風のなかを飛びゆく十字機へわれはもの憂きまなざし与う

はるかなるふたつところに離れつつ銀河の腕をひらき抱きあう

つぎつぎにベッドのなかでドルフィンに無理関数に冥王星に

獣毛のほそき筆もてわれの背にありとあらゆるもの描きうる

青空を見上げがちなる男いて無限数列に絡めとられき

光線の油はしずか　もどらざる会議背負いて架かる新橋《にいばし》

円柱となりたる水を捧げもちまれびとのため運びゆくかな

相思《しやんす》という言葉のような美しさわれに賜えな春の海風

パワーフラワー

地球儀に唇《くち》あてているこのあたり白鯨はひと知れず死にしか

太陽をめぐる同一軌道にて印鑑のありハリケーンあり

きょういくど君は蛇口に映りしか　新緑に揉まれいる列島

陰暦は東急ハンズに売られいてひと日ひと日や縺れてあらむ

電車にて運ばれてゆく井戸たちの眼鏡と眼鏡まむかいながら

中華街善隣門をくぐりゆく吾にいかなる選択やある

いくたびも密室鏡をとおりぬけパワーフラワーのスカート買えり

わが家から最短距離の駅ほそやかに担架格納箱は立ちいる

モナリザの瞳《め》からしずかに汲みあげるセントラルリーグ首位攻防戦

嘔吐感きざせる朝に黒パンの姿をなせるものちぎりたり

黒びかる菩薩の像を地震だと想い恐れし幼年期あり

二十世紀霊歌

二十世紀霊歌のごとくひたすらにヒロシマへ降る雪の結晶

この道は誰に逢う道　はるかなるヒロシマ県へつづきいる道

抽斗《ひきだし》のなかの生涯さまざまな数字怒れるごとく並びぬ

ほのしろくわかい妊婦がもてあそぶエジプトミイラ型鉛筆箱

白桃の缶詰のなか流れいる時間《とき》のありさまいかにかあらむ

はずみにて兇器ともなる階段をモーツァルトの楽のぼりくる

あおい針翳おとしつつなにくわぬ犯人のごと時計掛かれり

諸世紀の水惑星をくぐらせるブリッジパーソン、われの恋人
人類の親指も背も痛みつつ夕坂道をのぼりゆくかな

春

白壁に影たちあがり石橋に影たおれ伏す　光の春よ

きみのため「妹《いも》が力」になる予感してスプリングコート脱ぎおり

涙ぐみ聴きいる吾に樹《いつき》なす思想家たれとフォーレは云えり

ブランコに乗りて禊《みそぎ》をくりかえすこの少年の受けとめる風

鉄幹のゆえに晶子が詠まざりし歌ありとせばいずこさすらう

家ちかくいとなまれいる理髪店ジレンマのごと蛇紋棒たつ

心臓3個拍動しいる部屋にして卓の上なるコンソメスープ

どの街の地形なるらんあやまちて倒せるミルク広がりいるに

うょきうと　しばんし　わがなし　黒文字を逆さに走る電車より見つ

とおつ日の光浴びつつ裸身にてわれは大地に羽毛播《ま》きたし

廃屋が持ちいる白きバルコニー宅急便車の窓に映れり

しびれいる遠近法は続きいてなおあふれ咲くことしの桜

馬という形を生みし惑星に五月の風はいたみつつ吹く

光線の量きわまりて何色かわからぬ海が吾にせまり来る

あとがき

本歌集『人類のヴァイオリン』は『銀河を産んだように』につづく、私の第二歌集です。原則として、昨年までの作品から収録しました。「未来」「短歌研究」「短歌」「歌壇」「短歌往来」「短歌新聞」「毎日新聞」「へるめす」「湘南文学」などに発表したものです。

この歌集の原稿ができあがる直前に、父が死去しました。本書を父に捧げたく思います。

ここ数年間、以前から好きだった音楽に、いっそう親しむようになりました。音楽は国境を越えて、ダイレクトに私に人類を感じさせてくれます。はるかな時や宇宙と響きあいながら、さまざまな表現をとおして、現代の社会を生きる人間について歌作したいのです。形而上的世界と抒情的世界をあわせ持つ音楽は、短歌とともに、日々の生活において魂のせつじつな糧となっています。これからも、個と人類を同時に体感して歌いつづけていきたいと思います。タイトルに登場するヴァイオリンという楽器が、豊饒な定型のイメージとしてもひろがりますように。

さまざまな折に御指導をたまわりあたたかく私の短歌を見守って下さる岡井隆先生に、

あらためて厚く御礼申し上げます。

また、多くの先輩友人の皆様から貴重な御意見やお励ましをいただき、ありがとうございます。

読者の方々とこの本が良い出会いをするよう、心から願っています。

出版にあたって、第一歌集のときと同様、砂子屋書房の田村雅之氏にひとかたならずお世話になりました。深く感謝申し上げます。

二〇〇〇年七月

大滝和子

第三歌集
二〇〇七年一〇月一〇日発行／砂子屋書房刊

竹とヴィーナス

I

ゼロ

無限から無限をひきて生じたるゼロあり手のひらに輝く

腕時計のなかに銀の直角がきえてはうまれうまれてはきゆ

ひとり居て扉ひらけば君映る万葉集という鏡はも

人麻呂の謎に思いを馳せるときあたらしい喩を招きいる空

人生を乗せいる電車ひとすじの光の詩形そこに射しこむ

こせき戸籍こけしのように倒されてしまう人びと十月の雨

恥じらえる吾いざないてあおあおと畳の薫りの命《みこと》たちけり

とこしえの息というべき息満ちる万葉集を手に持つきょうも

足裏《あなうら》をふと見つめればギリシアの竪琴《リラ》のかたちの模様うずまく

太陽とわれの年の差おもいつつ肩胛骨を灼かれておりぬ

河のぼる鮭のごとくに電話《コール》して留守電へ残すあらたな母音

友情の西から

枕へと帰りゆくたびいつの夜も和泉式部の螢みつめる

友情の西からのぼり恋人の東へしずむまぶしき馬よ

君という灯台の光ふいに消えまたつくまでの揺れを見たりき

亡き父のDNAが吾《あ》に買わす「エジプト象形文字解読法」

父の墓洗いきよめて秋日や主語述語ある世界をあゆむ

とおい宇宙からやって来て泣きはじむ元素周期律表のFe《てつ》

茶にひそむグリーンドラゴンのたましいを飲みてこころは宇宙へむかう

留守番をしている夜に聴こえくる十指の爪の潮のとお鳴り

ひれ伏して髪洗いおり暗黒にありのままなる雷《いかずち》ひびく

あたらしき抽象名詞つくらむと砂丘に立ちて凪に吹かれる

皮むけばしろたえの梨あらわれる。　ぜおんぜおん観世音菩薩

いくたびも万葉仮名を羽化させてきみとわれとが抱きし国あり

イデア界へ

水壺を頭に乗せて運びゆく女のように立ちどまりたり

五の数をまつる神殿、七の数まつる神殿、桂うつくし

階段は美貌なれどもわたくしと目合わすことを避けかかるなり

柘榴の樹茂るかたわら人類の人生想い汗ばみており

火星移住計画推進協会があると語りぬきみの唇

白パンに指嚙まれいることもなく白パンちぎるひとり晩餐

夏の日よ海山越えて『みだれ髪』伸びつづけゆく百年めなり

それぞれにほぐして吾と地球儀を織りあわせいるマーラーありぬ

影ながく曳く修道女その影はベンチに座るわれを擦りつつ

いかなるひと名付けたるかは識らねどもシベリアという和菓子を食みぬ

月と電話

少年のイエスはじめて十字架という言葉を聞きし日はいつ

銅像は立ちてそのもと人間の横たわりいる寒き夕ぐれ

沼空の難解歌ひとつたそがれに光りて吾に髪洗わしむ

暗闇に浮きいるものよあかあかと信号の花稔らず枯れず

部屋じゅうの空気がふいに翳りつつ母のなかへと逆流はじむ

月光とどまらざりき　恋をする錬金術師のながき冬の夜

ちぢれ毛はゆたにたゆたに豹紋の服着た女バス降りてゆく

千人の恋人を持つ女神いてユーカリの梢《うれ》そよがせわたる

「片づける」に殺すの意味があることを想いつつ部屋片づけている

いにしえのギリシャに野球ひろめたく炭酸水を飲み干すわれは

電車にて銀のロザリオもてあそぶ少女ふたりを見つめる少女

満月のいちにち前に満月に十六夜の日に電話すれども
あるときは尊ばれつつあるときは隠蔽されつつ白という色
恋得むといのりながらに見る月の光あやしく像多重なり

海の書

海を視ることのできない海のためサングラス髪のうえに立てたり

一脚の椅子のようなる海かなと視えざる塩につぶやきていつ

身長を水平線と比べあうはかなごとせりインディアンサマー

目には目の技《わざ》のありつつ碧空にカルマを変える寺院建てなむ

片瀬から新宿へゆく瞼あり電車のなかに闇うまれしむ

銛を持つ異邦の男眉毛濃くわれの隣に座りけるかも

江ノ島の展望台に昇りたり前世来世の見ゆるはるけさ

日本領江ノ島かつてラフカディオ・ハーン称《たた》えき「青貝の都」

この海岸が本土上陸作戦の予定地なりしこと聞きまつる

修道女《シスター》のうしろ姿はイスラムの女と似つつ遠ざかりゆく

川ちかき少女期、ヨセフ教会にわれもベールをかぶれと言われき

修道院応接室で習いたるドイツ語訛のフランス語かな

壁にあるこの十字架を見つめおり錫がつくれるグラムのキリスト

「アーメン」が揶揄の対象となることを初めて知りし少女期の夏

東洋の言葉と云いて嗤うなよ真紅の薔薇はキリストなれば

みずからの脇を洗えりキリストは息絶えし後ここを突かれき
世界地図ふたつに折りて破る手のいな手にあらずおそろしき虹

レオナルド

純潔の数字らつどいつくりいる株式市況欄はかなけれ

数字にも雌雄あるごと並びいる株式欄の拡大コピー

株券をわれは持たねど市況ニュース聴けり美《は》しき固有名詞あり

耳元に「桜は海」とささやきて羽音たてている西方天使

レオナルド・ダ・ヴィンチ、レオナルド・ディカプリオ　祈りの遺伝子はありや

セミロングヘアつめたく濡れたまま白鯨の骨に包まれ眠る

君という冬にむかいて珈琲を飲みいる夏のひるさがりかな

矢尻

風うけた白いシーツよさかさまのあなたの顔よすぐ近くあれ

抽斗《ひきだし》の突起はしずか　振袖を着たニヒリスト写真に残る

たかはらのすすきは風と対話する黄泉の国なる文法により

「恋うことをやめよすなわち得られむ」と百済観音云いにけらずや

桃は鍵もたぬものなりひそやかに舌の上へ迎えるものなり

球場のむこうへ続くプラタナス　日曜は月曜を妬んでいるか

母の襟にちさき蜘蛛いて食卓やきょういちにちの始まらんとす

拒否されることと受け入れられること　並べられたる矢尻と矢尻

紅梅のまわりに集う、書名さえ残らなかった書物らの霊

わが宿の寝殿造見に来よというかに咲きているあやめ草

蝶々のような男が蝶々を追いかけているはつなつの山

キャリアウーマンのわが姉きょうもゆらゆらとたらちねの母のなかに出入りす

ラッコいる動物園ともカトリック修道院とも近く棲みおり

昏の姿おなじき君とわれ思想書売場に黙しつつ立つ

雪はみなきのう解けたり黙黙と鞭のかたちに道つづきいる

時空漂流

バベルの塔昇るとちゅうに憩いたる長椅子のごとやさしき人よ

氷男《こおりお》に恋をするなる氷女《ひめ》のいてさらにひとりの火女《ひめ》もありにき

みぎに滝ひだりに鴉従えて春のあしたの散歩にぞ出る

白藤の房いっせいに揺れておりカルマ鉄道乗換駅に

わが窓へ兵士らの群れ駆けくるを汗桜なす夢とおもわず

きみの声すすきとなりてひろがるに誰か揚げいるカイトあり

素足にて夜のしずけさに昇りゆく階段はふと葡萄のごとし

「まわれ右」の神笛よ鳴れくるおしく私が君を追いゆく道に

アニムスと君と彼とがつくりいる三角形に夏ふかみかも

べに爪の指ひらきたりブラームス読みし聖書をわれも読まむと

きみの名とわたくしの声吸いこめるケルト渦巻模様円盤

海終るところにかがみ青年は犬の鎖を解きはなちたり

逢える日の高麗《こま》犬市《いぬいち》よいつ立つやとおきひとりの山人を恋う

東西恋愛

黒鍵の色なる髪を湯のなかにゆらめかせおりきょうは新月

とこしえに待つべき道にありたちて野守《のもり》は見ずや目蔭《まかげ》するわれ

きみのため都ひとつを造らむと持統女帝すらおぼしけむ

出雲へのブルートレイン過ぎゆけりただひとりにて帰るゆうぐれ

もしかして君のトーテムは鰐ですか入れてくださいこの角砂糖

ベースボールカードの袋破るときかなた白鳥飛びたちおらむ

ビッグバンのころの素粒子含みいるわれの手なりや葉書持ちおり

茶房にて知恵の言葉を聴きたしよ狩猟処女神アルテミスから

それぞれの影うらかなし天を指すプラトン地を指すアリストテレス

城壁にプラトンの影うつるとき蜂の顫音ひびきいざりしか

死後のごとうずくまりていたりしが猫なる花の奔りはじめき

片恋の水路しずかに進みゆきはるか花ある密林に逢え

遮断機にとどめられつつみずからの家の外灯艶なるを見る

スナップドラゴン

はるかなる道をこちらへ結《ゆ》うあそび音楽神の命ずるままに

寝室の写真に赤いものが咲く、　金魚草別名スナップドラゴン

あるときは深き論理の奥山に君を組み伏す手力《たぢから》もがも

きょうもまたシュレディンガーの猫連れてゆたにたゆたに恋いつつぞいる

オリエント博物館をめざしいるわたくしのなか道は迷うも

どうすればいい荒海よあなたからはるか離れた地霊にも恋う

《存在》はとこしえにあるものなりや角度とともに雪降りきたる

その背中いまだあきらめられなくてシチューに触れる猫舌われは

ボシュロムのレンズ広告、メニコンのレンズ広告、初雪ふれり

チューブから過去搾り出し桃色の手のひらのうえ泡だてている

蜂蜜をゆらゆらとして持て来たる翁ありけり冬の日のもと

地震《ない》なくて新年きたり、倒立の倒立のひと街にあふれる

ＣＤの面にわたしのスカートが映されている一月一日

髪洗う闇は鱗をまといつつ遠き海へと帰りゆく闇

法王も味覚をもちて生きたもう世にあらわれる空位の時間

II

光線の衣

惚れぬくという現象をありありと識らせて冥しイルカの躰

わが手相神秘十字形もてり母なる人よ父なる人よ

冥王星《プルートウ》と海王星《ネプチユーン》の内外《うちそと》の位置変わる日に売られいるパン

接吻はとおくにありて交すもの猫の歩みのようにひそかに

エジプト象形文字新聞をゆるやかにひろげるような瞳の女

光線の衣まといてはてしなく次元超えゆく旅をこそすれ

声帯をなくした犬が走りゆく　いたしましょうねアジュガの株分け

行列のアルファベットら振り向きておのもおのもに塩撒きてゆく

惹かれたる男ら君に似かよえどそれぞれの人互いには似ず

そら耳であろうと蘇鉄枯れようとそれを止めることできません

貧血くるおしき日よ裏庭に「朱鷺《とき》の羽重ね」なる椿あり

フランスの象徴音のほほえみのもゆらに浮かぶ砂丘なりけり

泣きながら雨のなかへと駈けてゆく賢治と賢治　とおい御陵《みささぎ》

夢のなか置き忘れたる言葉はも広辞苑いずれのページにかある

雪のふるながきいちにち赤ワイン貯蔵庫の鍵、監獄の鍵

合衆国大統領に

ミレニアムなる言の葉に獣毛の手ざわりありてこの十指はや

クローンの松坂大輔満ちている球場めきて日輪は燃ゆ

げに箸は橋とおもいて花びらを口へ運べりゆめのうきはし

合衆国大統領に読ませたしバルザック作『セラフィタ』なども

裁判所まえ通りすぎふつふつと林檎にて獅子の命のぞむも

与謝野晶子憩いしゆかりの片瀬駅木椅子にすわる投函の後

いま我は千手観音像内に納められたる扇のごとし

卑弥呼とぞ書かれし大き袋さげ女消えゆく小田急ハルク

まぼろしの髪ながく曳く男らよ朝なるオフィスビル街あゆむ

キリストの肘の直角いつくしく掲げられいる《最後の審判》

断崖の異名を春と云いしかばさやぎはじめるファミリートゥリー

ヒトゲノム解析計画ある星に蒼ゆらぎガスの炎透けつつ
テレスコープ覗かぬときもはなやぎて永遠は云う「わたしを渡れ」

モナ・リザと土俵

キリストと君の間にふかき谷横たわらしめ桜咲きたり

電磁波の乱のまにまに雪ほろびまた佐保姫に抱かれる山

キリストが桜《はな》を語ればいかならむ国の涯へと道つづきいる

一滴の惑星のうえ棲みているとつくに人《びと》よゲノム持ちつつ

父の忌日、母の誕生日、月齢をおなじくしたり十六夜の日や

モナ・リザのうしろ姿を見し人よわれその人の城に泊まりき

鉄幹と晶子出逢いて百年めことしのレクイエム花降る

口へ掛けた鍵の感触ありありとポケットに冷ゆ　元素周期律

父よ父よあなたの消えた惑星にメガヒットなる現象ありて

ゆうぐれの弓取式のますらおは母なる土俵鋤く姿勢せり

古代より天皇家牛乳を飲みいると語らう姉よひとり身にして

父の死の前に買いたる小レモン手痛くなるまで搾りぬ

無限大逆三角形まぼろしの底辺こえてフォーレ流れる

指ひろげ五度手乗せれば一周す父の遺品の地球儀冷たし

ウイルス

あたらしきウイルスをしも想わしめ天のこちらに花火ひらけり

真紅なる薔薇の襞より湧きいづるアジアの硬貨おびただしかも

客観と主観影踏み遊びするたがいのオーラ枯野にて見き

蛇の目は閉じることなしわが家にもっとも近き蛇はいずこぞ

愁いある君の貌へ入りてゆく吾あかあかと震えながらに

ふと爪に恋しき人の面影の宿りておれど切りそろえいる

東京を蛇のごとくに飲みこめる女あらむよ高層夜景

秋、秒針音、瞼　宇宙は《われ》を過ぎ去りてゆく

碧空よひとつまぼろし立たしめてダヴィデ像に絡む昼顔

πという西にうまれし意識より届けられたる練香《ねりこう》の匣

龍の目のごとき鏡に現れて吾ひそやかに想うことある

黒髪は旅しつづけて朝はやき滝にちかよる馬扇かな
とおき世にわたくしと目を合わせたるいろこの宮の山幸彦よ

横たわりいる

ひんがしの国うつくしき青年の黒衣の腕にしろがねの環や

木卓をはさみて向かいあうときよ硝子というも沼にかぞえる

ふたすじの瞼なるかな睡蓮とことなるさまに開きいて、夜

うずまくや女身のゼウスうつくしき年下びとに風の恋する

牢獄の夜の格子の冷たさをもちいるならめ金管楽器

テーブルの麦酒ごしなる青年は歴史のように伏せた目をあぐ

大寺院製図するのにふさわしきシャープペンシル出芯の音

時間弓《タイムボウ》ひきしぼりつつなに歌う黒百合もあり白百合もあり

戦利品なるわたくしが賭けられているここちせりウィンブルドン

《存在》はなぜあるのかと問いつづけコップの洞《うろ》へ入りゆく視線

松風を刺青《タトウー》に彫りているようにまどろみながら鎌倉へ行く

紅ふかき薔薇へ寄りゆく十指には関節という不可思議ありて

鉄道の柵に昼顔捲きのぼり知るも知らぬも六月の風

きみの名の御社《みやしろ》の樹を揺らしつつ旅しやまざる風に逢いたり

勾玉の青さのそばに待つという剣しずけく横たわりいる

青い花かざしきたれるますらおの角髪《みずら》ほぐしてゆく冬の夜

烈風のかなたより火は迫りつつ室《むろ》に閉じこめられた人麻呂

対談

ロマンスカー斜向《はすむか》いにはコインなる耳輪揺らしている女あり

こもり居の秋のま昼まわが影を畳みてしろき扇しまいぬ

目にみえぬ蔓の闘争絡ませてランドマークタワー立ちたり

蝙蝠傘《こうもり》は書物の姉妹、閉ざしゆくたまゆら深く息つかしめて

神奈川県が好きです制服にザクロジュースをこぼしたような

《永遠》を吾はふたつに折り曲げる出逢いたる時境となして

躰とは脈うつ大陸それぞれの孤独な奴婢に統べられながら

基督とモーツァルトの対談にそなえるごとく椅子ならびいる

狼はモーツァルトの名のなかに在りつつ雪野さすらいていむ

蜂蜜のにおいしているわが髪は回転扉のなかへ来ており

すべての道はローマに通ずの箴言のごとき貌もつ男なるかな

ヴァイオリンソナタK・302　きみは私の匣《はこ》を知らない

貌岩と向きあい踊りつづけいるアメリカ先住民族めきて

超新星ばらまき猫という猫の硝子へだてて耳うつくしき

都あり。ゆらぎゆきかうものらみな《その女王》のしもべなるかな

十字路に立ちいる君よ暗緑の胞子飛ばしていずこへ行くや

メガバンク

わが部屋の窓より仏舎利塔みゆるアジアの家に生まれたるかな

きさらぎの半月のぼり路上にて擦れちがいたる咳の所有者

モーツァルトいる蕪村いる君もいる……宇宙の宮にたゆたう我は

帰れざりし三塁走者さまよえる砂漠あらむよこの春嵐

離れたり近くなったりする月のアラビア音階からだに走る

気まぐれな座敷童《わらし》がわらってる「為替と株の動きです」

おそろしき桜なるかな鉄幹と晶子むすばれざりしごとくに

鬼と桜はついにひとつものなりと父に告げたし清激流よ
ウェストも青空もまた締められて春風さむき街あゆみゆく
わたつみの底あゆみゆく天人よ咲ける藤蔓弓背負いつつ
亜米利加はあ目りか（彼は知っていた）布、布、布、布、いつまでの風

夕顔を国花としたる国あらばいかならむその祝祭日は

メガバンク、メガバンクとぞ囁きて歯ならぬ桜咲き満つる国

乱れつつ虎穴に入りて虎王得し女《め》の虎晶子、あま照るや月

うつくしき箸に恋して死にし女《め》のあるごときかも桜のあした

復活祭　砂漠《サハラ》薔薇結晶石　死にたる父の椅子に座りぬ

電話なるテニスコートをとりかこむ魚や獣や鎮魂歌たち

新緑は西へ西へと走りゆき与謝野晶子の塩おもわしむ

追放水夫

マウンドに立つ有権者　打席へとゆく有権者　八月の雲

ときおき家《や》の柱時計の振子いまわが体内に揺るるごとしも

ポルトガル製極彩色は卵立て　或る殉恋者の一生

オアシスの恋と砂漠の恋比してかつ秘するなりあすは満月

途中まで昇りてふいに向き変える　あなたの声のような階段

ジュピターはすでにいまさず地球なる磁石に棲みてさみしき我ら

わが服の襞描きいる画家のまえ無限数列おもいて座る

教室でLと区別をされているRの音のような哀しみ

新墓《にいはか》に影まがり落つ　身とともに父は世界を滅ぼしたもう

昼顔は大統領の化身だとメアリーふいに云いはしないか

数学の森に樵《きこり》が座りおりもとはといえば追放水夫

抱擁はふたりの人に戻りおえ門の多《さわ》なるこの世さすらう

君と吾の祖霊が詠みし恋のうた万葉集にひそみておらむ

丸善へ父の匂いをかぎにゆく死にたる父よ我はさすらう

このドアを通りて

バドミントンラケット空に振りており　冥王星へいたる道あり

未来から過去へ流れるひとすじの時間の粒子あおく泡だつ

水上に立ちたる者らボード持ち乗車してくる鵠沼海岸

このドアを通りて来たる恐怖心このドアを通り出るほかはなし

数寄屋づくり、髪の毛を梳きだれを好きただひそやかに雪ふりつもる

昆布茶飲みふとおもいだす　自転車でキュリー夫人は新婚旅行

転向者の瞳のようなドロップが路傍にころがりながら早春

相対性理論は叙事詩　数学の塔をしずかにのぼりてゆかむ

思春期のギターはげしく弾いている大統領になりたいマリア

原始からの家系背負いてわれが乗る若草色のヘルスメーター

海視てもきみを想わず一握のゼムクリップにきみを想えり

洞窟の奥にひっそり冷えている酒にも母というものがある

豊旗雲

神の舌なめいる飴は細りつつさまざまな国想われていむ

朝ごとに日輪となる君ありて雨降れば雨光みつめいる吾

葡萄ぶどう山のかなたに住む人をまさ引き寄せる接吻あれな

「日本人は尊敬されねばならない」と山手線にてひとりごつ男

携帯へ奇数偶数押しており宇宙に代わり恋するヒトは

みずからを誰もが《われ》と思いつつこの世の埃吸いこみている

鍵穴に鍵刺さる音葉脈のなかよりひびくミッドナイトよ

大日本帝国、ＪＡＰ、日本国、ＪＡＰＡＮ、みすみすみずほ銀行

自販機を閉ざせる太き鎖みゆ隊商ははるけき砂渡りいき

＊

とおくから抱きしめる吾《あ》のすきとおる腕《かいな》おもえよ出雲いつもに

わだつみのいろこの宮よ門ひらくときに出逢える豊旗雲よ

鯛抱きし恵比寿の旗を遊ばせる風ありわれの髪も遊べり

恋の知恵樫より授けられてなおさらに惑えり新年《にいどし》ふつか

3は招く

皮手帖表紙裏なるカレンダー卑弥呼の誕生日ひそみいる

東京とパリに同時に立つごとき感覚、春の階のぼりゆく

太陽へさらばと云いてあゆみゆく旅人よりも愚かなる身は

桜《はな》を数字であらわすなら3　まだ咲かぬものすでに咲きつつ
永遠のイデア咲かせる桜にて《存在》というはいつよりのこと
ザクロジュース飲み干してのち狩人の魂《たま》なる銀貨置きて去りにき
まだ咲かぬ桜くるおし女身にて西行あらばいかなる道や

複数のはじめは2ならず3なりと記すわが手のさみしくもあるか

3という神学の数、人類の口承文化つらぬく3よ

オイル

冬樫と永遠《エターナテイ》をつがわせて生《あ》れたるものの声をこそ聴け

ワインにて君の躰へ入りゆく吾あり太陽神《アポロ》に愛されしかど

声ひくく晶子とモーセ争うを年輪渦のなかより聴けり

とおざかる君を列島ごと抱きて桜のひかり渓流のひかり

踏切にロマンスカーのすぎゆくを待てり徐行は鞭のごとしも

うしろには林檎飴など売られおり誰《た》が定めしや鳥居のかたち

春雷いよよ近し浴槽へわがヒトゲノム入れているとき

卯年《うどし》なる夏目漱石怒りつつ倫敦塔をのぼりつめしか

蛇を恋う鐘もあれよと鐘を突く新年《にいどし》ふつかひとり身われは

にんげんに聞えぬしらべ歌いつつ水平線に立つ鳥居はや

西方緋なるものよ休止符のごとき裂け目は雲にありけり

腰かがめ髪洗うときなにならむ脱皮の蛇のごとく苦しき

母生きてヴァージンオリーヴオイル持ち我へ手渡すそのたまゆらよ

III

いちぼく

まかなしく仰ぎ見るなり惑星に風と桜ははらからなれば

サイレンの音遠ざかり川岸に母体回帰のごと桜みる

練習をしないで咲いている桜　手提げのなかのアルカリ電池

西行を拒む桜の一木《いちぼく》もあらざりしかと大和あゆめり

外すときわがうしろ毛を挟み抜く父のみやげの琥珀首飾

死者父の椅子とわれの下腹部とふいにぶつかりあえり早春

謎ふかき空ゆ雷《いかずち》とどろけりルターを僧にしたる雷

海《わたつみ》へ指輪はめむとするごとくさみしきことを君もなしいる

新緑は溺れるばかりゆたけきにシャンソン歌手の墓あばかれき

君に背を向けて地球を一周しまた戻りくる音速われは

恋すれど動かぬ山よ山つかいなどは居らぬか蛇つかいあり

ICHIROのバット潜《ひそ》める谷ふかく乱れ飛ぶべきましろき蝶ら

ゴシック

弧をえがき扉開きたり白髪となりたる母の歩み来たれる

白色の白さちがえどウェディングドレスとルーズソックスきょうも

オス同士で子孫のこせる日も来るか　コカコーラ天に向かい飲みほす

こいびとはゴシック大学堂のようとおい日の火刑のことも語れり

背後より足音《あのと》しだいに近づけりある日のころび切支丹のごと

寝るまえの円卓にしてしずやかに馬の肌《はだえ》のいろのパンあり

駅階段にて群集へ混じりつつレクイエムわが脳にたなびく

ミルク飲み酸《す》き口中よ廃れたる遠街のことまざと想わす

若枝もちて

狛犬とスフィンクスとのかかわりはいかに間《あわい》へ入りてゆけり

新宿の蕎麦屋に満ちるジョン・レノン「イマジン」まことうす暗きかな

月球儀とどけられたるこの部屋にながき手紙を書きはじめおり

洋梨のなかに洋梨棲みつづけナイフちかづく瞬刻ありぬ

劫初より携帯電話あるごとしハイビスカスの色を信じる

空気はや三十度さえ超えゆくに株主総会の日の紫陽花

恥は云う「若枝もちてわれへ来よ蹴鞠などしてともに遊ばむ」

旅人に酒さしあぐる一夜妻そのここちして櫛ながめおり

蹴鞠する人らの手相識らざれど鞠となりたるたましいを識る

ここはなんの細道だろう人間をさらう祭の花火あがりぬ

電線のなか流れゆくわたくしよ又三郎に吹かれ揺れいる

死者父の部屋に子供を抱きているヨセフ像立つましろきヨセフ

その日には

障子から射しくるひかり竹取の翁は竹をわたしは君を

黒馬と結ばれたくて夏滝に祈る者あり眼ひらきつつ

天降りくる扉の奥にあたらしき世界ひらけよ百合そよがせて

踏切を渡りながらに一艘のカヌー抱えるふたりの女

それはちがうそれはちがうと唐辛子あかあか軒に吊りさがりいる

月よみのひかりは和泉式部から預かれるものわれに手渡す

閉じられて扇は鶴のたましいを得たりふたたび開かむ

十字架の脱け殻落ちていたりけり回廊を踏む素足つめたく

いずこにもあらぬところにひともとの柱立たしめ馬呼ぶ柱

もとも小さき枕選びて帰り来ぬいにしえの木霊棲むような店

ポストの朱あんばらんすに立ちながら冥府との時差測りつづける

スカートへもう天《おおぞら》がやって来たなんと風の強い日だろう

始祖鳥の首かがやきて「正しい」という語なかったころの地球よ

彦星とひびき合いつつ桜木に水惑星の水咲きにけり

その日には短歌よ星に満ちてあれ、 四〇〇一年八月六日

オーラ／見つめていると

しろがねの音を帯びつつ今こころ永遠にむかい直角となる

宇宙から射せるオーラと卓上の栗のオーラが結ばれあいぬ

ICHIROは真珠の精かぬばたまの黒きバットを振り捨てながら

深まりゆく秋よ脈拍測らむと輪廻のアナログ時計みつめる

改札機の外がわに棲みうたがいて熱き牛乳飲む日々つづく

正多面体の種類を想いつつ眠らな、四、六、八、十二、二十

あたらしきショールまといて北へゆく　駅は柱をもちて秋なり

人類の涙のごとき流氷を照らさむ月よ生きいると云え

*

われの尾が太陽系超え伸びてゆくもの想いせりつめたき人よ

あゆみゆく旅人たちの物語みな吸いこみて階段しずか

鬱金の公孫樹並木のゆく先にモーツァルト神社あるごときかも

城捨てて吟遊詩人《トルバドウール》と旅をするもようの硝子嵌まりいる城

冥界の辞書を引けよと卓上にローソンのパン置かれあるなり

弓

新宿や黒髪ながき少女来て茶房の壁に弓たてかける

卓上に中性硬貨きらめかせ頬あかき人と連れ立ちにけり

列島は雲のごとしよ源氏五十四帖あかるき店に売られて

テーブルの上の虚空へ顔入れて半熟卵食む日よきょうも

猛犬をともなう吾がともなわぬ吾《あ》とすれちがう東浜橋

君へゆく朝貢船に隠しある滝屏風図を開きたまえよ

密室持ちたる人ら織りなせるこの雑踏をきょうは恐れず

サーフボード3なる数において干す曇天よわが隣人の家

猫と豹目あわすごとき一瞬の静電気はしる地階なるノブ

硝子戸に凩の跡のこりたりアニムスあれば出逢いたきもの

よつつじ

形而上高原に行きプラトンのサーヴをつよく打ち返すこと

わたくしは月子の娘、スパゲッティ茹であげている月子の娘

日の丸の円は点の集合だ、はは、ちち、はは、ちち、揺れいる点だ

吾《あ》が恋に落ちたる年に建てられしランドマークタワー崩れず

腕時計硝子の店に並びおりとおくローマを蒙りて生く

桜散る四つ辻あゆみゆくときに歴史における霊おもいおり

碧空をテーブルにして書く手紙、隠されたがっている手紙

きみの持つマリア像を砕きたし胎内にまで射せる新緑

あおあおと籠を編まねばなりません風のあなたに揺らしてもらう

やしろのゆめ

円祀る神社《シュライン》のそば棄てられた仮定の茂り迫り朝露

柏手を打つことできぬ鶏は立ちていたりき森の入口

「太陽に触るるなかれ」と云うごとき鶏冠《けいかん》にしもこころさかだつ

ともに馬食みたるのちの散歩にてたまほこの道ゲノムを招く

ながながし夜あけて理性《ロゴス》の声あぐる鶏の視野外に黒猫

散歩へと連れだちゆけど言霊の向き異なりてやがて逸《はぐ》れき

ギリシャことば、やまとことば、人類のこころの風の、ふね、ミノス、とり

人類内存在としてわたくしはやまとことばのさやぎ聴きいる

幕

碧空をこいねがいつつ飲むウォッカ汗血馬たる響き残せり

蓋磨きするとき姉は蓋磨きがこの世でもっともたいせつそうだ

摩天楼型牛乳パック卓上にありてBSE生《あ》るる世や

あるときは檻とも見ゆる椅子の背に薔薇の蕾のごときふくらみ

左手と右手とふかく交われる母の祈りの形かなしも

千年の夢から醒めて歩み出すいくたびか遇う曼珠沙華群

日が短くなったね（なったね）自転車のライト、御先祖さまはいないね

狐なるわれに乗りてくる狐疾風《はやち》吹かせりひれふす花野

半月を満月と呼ぶ人なきか橋詰ちかく見上げておりぬ

墓参より帰りし姉の使いたる石鹸をもて全身洗う

駅にむき幕垂れいたり日本初冠婚葬祭専門学校

改札口よりも

「切腹」の語をたのしげにくりかえすおさな児の声あふれいるバス

この世いかがこの世いかがと歌いゆく行商人のあらば買わむに

改札口よりもはるかにおおいなる切符を空にむかいて揚げよ

数学の女神としてのモナ・リザをかの天才は描《か》きにけらずや

にんげんを救わむとして創られし蛇形ロボットみどりのからだ

瓦斯《ガス》の火が隠しはじめるものがたりマルコ・ポーロのまばたき想う

一週の七日、短歌の七音と大陸こえて数おなじくす

パンタ・レイ

いちじくよ葉は垂れおりて国々にわれの嵌めざる指輪きらめく
小鏡《コンパクト》の影はかゝるた、おそろしい秘密の歌をしまえるかゝるた
DNAもたぬ観音ながく生きわれの歩みをとどめたまえり

草いろの表紙ひらけば失恋の過程のようにアルファベットは

万物流転《パンタ・レイ》、 みどりの指やあかい指きいろい指を見つめていると

水を恋う火のくるしみに火は泣けり火の涙みることなかれ水

さがみ

内臓を食まれた鳩の屍《し》にちかく夏草の色も大陸も

洗い髪乾かざるまま立ちつくし個体の薄き屍見つむ

ヒト科なる命土俵にのぼりたり海から来たるものは撒かれつ

さねさしさがみ身ぬちを巡る韻き　米軍巨艦寄る県に棲む

君の躰覆いていたる砂丘《すなおか》を眠りがみんなさらっていきぬ

わたくしが触れざりし者かなしめりみずほ銀行ＡＴＭよ

ＡＴＭ障害などは序の口で電子中世に生きるわれらか

ここのつの数字もゼロも血にまみれ葦にそそげりみずほ銀行

文明と数字は離れがたくして離してみよと西風《ゼフィロス》わらう

海色の半透明の電卓も置かれにぎわう資生堂かな

零《ゼロ》というまかなしき数シテとして出雲の神を呼び舞いたまえ

0と1の間《あわい》に無限の小数のありえることや笛や鼓や

いちまいの薄き扇をひろげたり昨夜のゲームひろげるように

たれもみな初恋のひと秘めている雑踏という森へ入りゆく

クレディットカードと信仰宣言《クレド》の言語的血縁想いひとり眠りぬ

紅《くれない》のくるま来たりて白たえのくるま去りけり鎌倉ちかし

西行がかつて歩みし街道に鎌倉ハムのくるま止まりぬ

存在の釣糸ひかり魚たちは捕えられゆくとき立ちあがる

いちれつにカヌー持ちいる男らが窓外あゆむその素足よし

太古からなお生きつぎて一念をとおせ通せと夏の公孫樹

朝卓に果汁飲みおりアンドロメダ銀河へ行ってきたばかりなり

わが影を川の水面《みなも》にあそばせて日輪という祖先しずけし

あとがき

本歌集『竹とヴィーナス』は、『銀河を産んだように』『人類のヴァイオリン』につづく、第三歌集です。二〇〇六年までの作品から、約四百三十首を収めました。

私の心のなかにおいて、「東」が「西」に語りかけることが多くなったと感じています。日本語で歌を詠むと同時に、宇宙言語でもありたいと願っています。

いつもあたたかく私の短歌を見守ってくださる岡井隆先生に、あらためて厚く御礼申し上げます。

今までに、先輩友人の皆様から貴重な御意見やお励ましをいただき、ありがとうございます。

歌集名『竹とヴィーナス』は、五年ほど前に心に浮かんだ言葉です。短歌という奥深い生命現象が持つ根源的な力への想いをこめて、タイトルとしました。

このたびも砂子屋書房の田村雅之氏に、出版に際してひとかたならぬお世話になりました。深く感謝申し上げます。

二〇〇七年九月

大滝和子

文庫版あとがき

三冊の私の単行本歌集『銀河を産んだように』(一九九四年刊行)、『人類のヴァイオリン』(二〇〇〇年刊行)、『竹とヴィーナス』(二〇〇七年刊行)を短歌研究文庫として文庫化することと、私の新刊歌集の出版の提案を短歌研究社編集部からいただきました。深く感謝申し上げます。

二〇二四年一月

大滝和子

大滝和子　おおたき・かずこ

一九五八年、神奈川県に生まれる。一九八一年、早稲田大学第一文学部日本文学科卒業。一九八三年「未来」に入会。その後、岡井隆に師事する。一九八七年、合同歌集『保弓留海豚《ホテル・ドルフイン》』に参加。同年、未来年間賞を受賞。一九九二年、「白球の叙事詩《エピック》」三十首にて第三十五回短歌研究新人賞を受賞。一九九四年、歌集『銀河を産んだように』（砂子屋書房）刊行。一九九五年、同歌集にて第三十九回現代歌人協会賞を受賞。二〇〇〇年、歌集『人類のヴァイオリン』（砂子屋書房）刊行。二〇〇一年、同歌集にて第十一回河野愛子賞を受賞。二〇〇七年、歌集『竹とヴィーナス』（砂子屋書房）刊行。二〇一四年十月号から二〇一六年九月号まで、「短歌研究」に作品連載三十首全八回を掲載。二〇二四年、現在も作歌活動を続けている。

二〇二四年四月二〇日　第一刷印刷発行

「銀河を産んだように」など
ⅠⅡⅢ歌集

短歌研究文庫〈新お－1〉

著者　大滝和子《おおたきかずこ》

発行者　國兼秀二
発行所　短歌研究社
郵便番号一一二－〇〇一三
東京都文京区音羽一－一七－一四　音羽ＹＫビル
電話　〇三－三九四四－四八二二・四八三三
振替　〇〇一九〇－九－二四三七五番
印刷・製本　大日本印刷株式会社
ブックデザイン　鈴木成一デザイン室
ISBN978-4-86272-765-7 C0092